古籍档案中的

诸暨历史故事

诸暨市档案馆 / 编

潘 丹 / 著

中国书籍出版社
China Book Press

图书在版编目（CIP）数据

古籍档案中的诸暨历史故事／潘丹著；诸暨市档案
馆编. -- 北京：中国书籍出版社，2024. 12. -- ISBN
978-7-5241-0111-6

Ⅰ. I247. 81

中国国家版本馆 CIP 数据核字第 202461F7E6 号

古籍档案中的诸暨历史故事

潘丹　著

图书策划	许甜甜　成晓春	
责任编辑	李　新	
责任印制	孙马飞　马　芝	
出版发行	中国书籍出版社	
地　　址	北京市丰台区三路居路 97 号（邮编：100073）	
电　　话	（010）52257143（总编室）　　（010）52257140（发行部）	
电子邮箱	eo@ chinabp. com. cn	
经　　销	全国新华书店	
印　　刷	绍兴市创原印刷设计有限公司	
开　　本	710 毫米×1000 毫米　1/16	
字　　数	185 千字	
印　　张	15. 75	
版　　次	2024 年 12 月第 1 版	
印　　次	2025 年 3 月第 1 次印刷	
书　　号	ISBN 978-7-5241-0111-6	
定　　价	78. 00 元	

序

黄仕忠

  所谓传统，原是一种思想和精神，存在于过往的历史之内，蕴含在人物或事件之中，因人们继承弘扬而日渐丰富完善。它并非先天存放在那里，分门别类，供人取用，而是后人甄选的结果。所以这是基于新的观念与视野创造而成，也是一个持续认同的过程。

  诸暨地处浙东腹地，连绵环绕的群山聚拢成一个巨大的盆地，众多溪流从山谷之间逶迤而下，汇集于浦阳江，由南向北，取径钱塘，奔腾入海。诸暨建城已经两千多年，历史长河流淌而过，在这片土地上出现了众多的英杰，发生过无数的故事。有些已经家喻户晓，如吴越春秋时的西施和范蠡，浣纱石与后人所建西施殿成了见证；但还有更多的人物和故事，由于历史尘雾的遮掩，未为后人知晓。它们是地方文化和传统的重要组成部分，值得甄别挑选，化为文字，让后人学习和汲取。

  诸暨市档案馆基于这样的理念，联络了熟谙诸暨地方文史的潘丹先生，从经籍、方志、宗谱、报章及档案文献中，辑录整理出一百则诸暨人物故事，每五则为一辑，共得二十辑，上溯唐宋，下至当代。故事以人物为主，间或涉及风物、名品、文学等。人物以原籍诸暨的人士为主，兼及流寓、宾客，既叙闻人名士、邑吏缙绅之风雅，又录市井百姓、三教九流之传奇。潘丹先生又复为每辑配制三幅插画，再为每则文献细作注解，意在让普通读者知晓诸暨历史，了解本地乡贤，并树以为范，或引以为戒。

我认为这是对于优秀文化的传承，也是对于历史人文的甄选，对于丰富、弘扬诸暨传统文化有着积极意义。谨叙其缘起，作为序言。

（黄仕忠，浙江诸暨人，教育部长江学者，中山大学中文系教授、中国古文献研究所所长，著有《琵琶记研究》《中国戏曲史研究》《日藏中国戏曲文献综录》等多部学术著作。）

目　录

内克幼而頴秀，既長好學善屬文，郡博士胡憲器之曰：「子學老於

年，官日當以文章顯。」紹興中進士第，知紹興府諸暨縣。越帥課賦

頗急，諸邑率趣以應。克曰：「寧獲罪，不忍困吾民。」官曰：「府遣葊

僚閱視，有此時方不雨。」克對之泣曰：「此催租時邪？」部使者芮輝行

縣至其境，謂克曰：「暴知子文墨而已，今乃見古循吏。」爲表薦之。入

爲提轄文思院。嘗以文獻皆觀觀，持曰于孝宗，喜之，內出御筆除

直學士院等相。趙雄甚異之，因奏曰：「翰院清選，熊克小臣，不由論

薦而得，無以服眾論。請自朝廷召試，然後用之。」上曰：「善。」乃以爲校

書郎，累遷學士院權直。上御選德殿召諭曰：「卿制誥甚工，且有體，

自此燕閒可論治道。」克自以見知於上，數有論奏，嘗言：「金人雖

和而不能係於它，今宜以和爲守，以守爲攻，當和好之睌爲備。

守之計，彼不能禁吾不爲也。邊備既實，金人萬一猖獗，必不得志。

《宋史》四百四十五卷《列传·熊克传》

龍市巷哭挽柩而送去䘒□□為祠祀焉

諭字自牧天台人判諸暨治縣多平及賦後有困

自力爭於上而除之督捕蹊境上有相率為謠祀

取土偶人蹄而鞭之以示民曰此不能與命吏共

宗祖祀之何益明日毀其祠魑勿飛去後遷江浙儒

土提舉祀名宦

黃滔字晉卿義為人延祐中以進士判諸暨博極群

書以文學名其臨下一以誠信巡海官卹例三載一新

費出於民有餘則官侵之滑裁縮浮蠹餘錢悉以遠

給民大憾悅奸民以偽鍬結黨脅人旁及隣邑株連

《万历绍兴府志》三十七卷名宦前《柯谦传》

邑吏政声

　　自秦置县始，在历史浮沉、社会变迁、时代变幻中，暨阳大地上也同样演绎着时世俯仰、邑篆更迭、人间悲欢等一幕幕历史剧，这其中的一部分载录在古籍文献中，让现代的人们得以窥见千百年前发生的事。

　　两千多年来，县署中流水似的来过很多人，他们中的大多数或勤政亲民，或廉洁自律，或秉直公正，这之中政绩显著、卓然可风的官吏被载入了国史、方志，为世人所传诵。如宋时知县丁宝臣，王安石为之撰《墓志》、欧阳修为之撰《墓表》，均对其赞赏有加；明万历间知县刘光复，足迹遍及暨邑山水，兴修水利，造福于民，著《经野规略》传世，卒后，"暨民追思，建祠凡六十三所"；清乾隆间知县张端木，修学宫，建书院，振兴文教，勤于造士；等等。

　　根据志乘所载，现辑录其中五位邑吏的小故事，以古为鉴，他们踏实、廉洁、亲民的为政作风，充满着正能量，即便在当代，仍有积极的现实意义。

熊　克·清介爱民

越帅课赋颇急，诸邑率督趣以应，克曰："吾宁获罪，不忍困吾民。"他日，府遣幕僚阅视有亡，时方不雨，克对之泣曰："此催租时耶？"部使者芮辉行县至其境，谓克曰："曩知子文墨而已，今乃见古循吏。"为表荐之，入为提辖文思院。

——《宋史·列传》

熊克，字子复，福建建宁建阳人，宋绍兴二十七年（1157）进士。历任镇江府教授、诸暨知县、提辖文思院、校书郎兼国史院编修、台州知府等职，博闻强记，熟习典故，除著述外无其他嗜好，著有《九朝通略》《中兴小记》等，其诗十六首收录于《全宋诗》。

催完国课，一直是古代各级官员任期内的头等大事，也是最重要的政绩。宋淳熙三年（1176）熊克来到了诸暨，担任知县，就面临着完课赋与重民生的艰难抉择，在绍兴府多次催促下，熊克只得以"督责催交"予以应付，显然，两者之间熊克更看重的是关注民生，而全然不顾自己的前程，对此他曾表态："宁可因为未完课赋，自己受到惩治，也不能因此让子民生活困顿。"过了一段时间，绍兴府未见诸暨上交课赋，就派了幕僚前来查看，适逢久旱未雨之时，熊克正为此犯愁：天旱不雨，必致庄稼歉收，民众的生活必定更加艰难。于是熊克哽咽着反问："这是催交课赋的时候吗？！"见此情景，幕僚只得悻悻而归。

幸运的是，此时正以朝散大夫提刑浙东的芮辉，经过诸暨时听闻了知县熊克的事迹，感慨地说："以前只听说熊克的文名极佳，现在看来还是一位好官呢！"不仅没有追究其过失，还向朝廷作了推荐，熊克于是被提升为文思院提辖。

熊克不但关心民众，自己的生活也很俭朴。据《宋史·列传》所载，虽然身居高位，熊克的居所却很简陋，大门狭小，连马车也进不了，有官员来访，只得提前下车进门。熊克曾看中江西抚州王克勤的才华，有意想让其做女婿，却又无资嫁女，正赶上草拟制书获得了赏金，这才如愿，其时咸称熊克为清介之人。

柯　谦·鞭偶御灾

　　（柯谦）尝捕蝗境上，有相率为淫祀者，取土偶人踣而鞭之，以示民曰："此不能与命吏共御灾，祀之何益？"明日毁其祠，蝗忽飞去。

——《万历绍兴府志》

柯谦，字自牧，浙江天台人，元至大元年（1308）任诸暨州判官。

元朝是个蝗灾多发的时代，有学者曾据《元史》所载统计，元朝98年中发生蝗灾的年份高达86年。柯谦到任诸暨的那一年，蝗灾再次大规模爆发，面对铺天盖地的飞蝗，人们束手无策，只得纷纷到后土祠求神拜佛，相传后土娘娘是农业获得丰收的保护神，县署的官吏们也不例外。据曾至关中救灾的元政治家、文学家张养浩所撰《江浙等处儒学提举柯君墓志铭》载："是岁蝗，僚属分地以捕，君所分特甚，度非民力可制，乃诣后土祠祷。"尽管县署采取了积极的措施，分派官员到各地指挥捕蝗救灾，而柯谦所属区域的灾害最为严重，不得已也只能到后土祠为民祈祷，却毫无收效，面对灾情，柯谦愤怒地对着菩萨呵斥道："我与你神仙一同受这片土地的养育，现在蝗虫大肆毁掉庄稼，百姓挨饿，对你们神仙也是不利的。如果是因我的原因，完全可以只加罪于我，而不要惩罚民众。更何况并不是我造成的，是你们神仙坐享其成，却不能救灾御害。神仙做到这分儿上，这后土祠可算得上淫祠了，这样的供奉礼制不要也罢。"于是将泥塑菩萨推倒在地，用鞭抽打。

第二天，柯谦又把祠庙拆毁了，也许是巧合，或许是柯谦的行为激发了民众驱蝗的干劲儿，这一天蝗虫竟然离境飞走了。

另外值得一提的是柯谦之子柯九思，字敬仲，号丹丘、丹丘生、五云阁吏，是元代杰出的画家，与同为艺文名家的杨维桢、王冕均有交谊，唱和诗文，谈论艺术，王冕曾为柯九思的《竹》画题诗："先生元是丹丘仙，迎风一笑春翩翩。琅玕满腹造化足，须臾笔底开渭川。"而柯九思对王冕的画梅艺术也青眼有加，曾有《题王元章写红梅花》，诗云："姑射燕支衬露华，一枝楚楚进天家。君王不作梁园梦，金水河边厌杏花。"杨维桢也为柯九思的《竹石图》题诗："翠竹猗猗山石青，慧云寺近浙江亭。明年我亦南屏住，林下同翻贝叶经。"

朱 子·观稼志忧

浣江之东去县二里许，旧有接官亭。亭废，豪右据其地而田圃之，二十余祀矣。两厓子复焉，构亭三间，门一间，环以墙，题曰"观稼"。或曰：奚以今名改旧名也？曰：子未知之乎，诸暨之地，湖山半焉，旱涝亦半焉。始予以癸未莅是邑，明年夏，旬未雨，山田之民走于庭告曰：旱矣。予往观焉，则见夫田燥如也，池涸如也，稼线如欲槁也……喜雨亭，志喜也；醉翁亭，志乐也；观稼亭，志忧也。唯其忧乃能始而喜终而乐也，敢为说以书诸亭。

——朱廷立《观稼亭记》

朱廷立，字子礼，一字两厓，湖北通山人，明嘉靖二年（1523）进士，官至礼部侍郎。明嘉靖三年任诸暨知县。

朱廷立是王阳明的弟子，在诸暨任职期间，王阳明正在越丁父忧、讲学，于是朱廷立便有更多的机会向先生请教，据王阳明《书朱子礼卷》所载，当朱廷立向阳明先生请教为政之道时，阳明先生却只讲为学之道，而言不及政："惩己之忿，而因以得民之所恶也；窒己之欲，而因以得民之所好也；舍己之利，而因以得民之所趋也；惕己之易，而因以得民之所忽也；去己之蠹，而因以得民之所患也；明己之性，而因以得民之所同也。"过了三个月，朱廷立在诸暨执政已稍有成就，当他再次向先生请教为学之道时，阳明先生只讲为政之道，而言不及学："平民之所恶，而因以惩己之忿也；从民之所好，而因以窒己之欲也；顺民之所趋，而因以舍己之利也；警民之所忽，而因以惕己之易也；拯民之所患，而因以去己之蠹也；复民之所同，而因以明己之性也。"朱廷立细细体味着先生两次语序翻转的"六句真言"，终于明白了修身与执政的密切关系，但如何在实际工作中践行呢？又一次向先生请教时，阳明先生一语破的："明德、亲民，一也。古之人明明德以亲其民，亲民所以明其明德也。是故明明德，体也；亲民，用也。而止至善，其要矣。"

観稼志憂

明嘉靖間諸暨
今朱廷立改迁
福門接官亭為
観稼亭於此
察旱潦嗚邑
民蓄水築堤

庚子春日
三朱畫

008

得到了先生的教诲，朱廷立就立即付诸行动，让老百姓旱涝保收，过上好日子，就是实实在在"亲民"的体现。当他了解到距离县城二里左右的江东迓福门（今下坊门）一带，曾经有个接官亭，已荒废多年，就重新整修，改名为观稼亭，在繁忙的公务之余，结合百姓的反响，常常至此实地察看天气状况和庄稼生长情况，冬季至县南告山民浚池以蓄水，夏季到县北劝湖民筑堤以防洪，做到有备无患，以获丰稔，让老百姓吃得饱。

杨　洪·辟室宾贤

前此邑绅谒令君，皆见于内署，洪曰："是易以私相干也。"因于仪门左侧，辟一室曰"宾贤馆"，或求见，则步出见之，众目咸属，请托遂绝。

——《乾隆诸暨县志》

杨洪，山东济宁人，康熙五十七年（1718）由山东济阳学博调任诸暨知县。

关于杨洪的资料，鲜有文献载录，只在《乾隆诸暨县志》中，将其列入"名宦"卷中，尽管只有一段简短的文字介绍，但足以让阅读者信服：这是一位作风踏实、廉洁勤勉的好官。

未到任前，杨洪就做好了"功课"。诸暨离山东千里之遥，对于杨洪来说是一个十分陌生的地方，所以他千方百计收集资料，了解任职地的风土人情、人文习俗、执政利弊，莅任一个月，"即取最健讼者二人痛惩之，一时奸胥蠹吏为之悚然"。而最令人称道的是，杨洪对一贯习以为常的"接访制度"进行了大胆的改革，此前地方乡绅谒见知县，往往多在内署相见，容易掩人耳目，而导致营私舞弊，杨洪则在仪门的左侧专门设立了一个房间，取名为"宾贤馆"，因仪门正对着县署大门，当邑绅来访时，杨洪即走出宾贤馆，

辟室賓賢、

清康熙間諸暨
令楊洪於儀門左
側辟一室曰賓賢
館邑紳至則步
出見之眾目咸睹
請托遂絕

庚子春
三未畫

在众目睽睽下接待来访者，在这样的场合里，显然"走不了后门""拉不了关系""打不了关节"，只能公事公办，于是很快刹住了"请托"之风。

令人扼腕的是，杨洪到任仅一年，却因过度操劳而倒在了岗位上。

丹　山·矫褐廉实

（杨国翰）尝变服矫褐，徒步走乡村访求民隐，举地方之利弊，民生之纾困，与夫人之贤否，事之曲直，一一廉得其实，而人卒莫之识也。

——《光绪诸暨县志·名宦志》

杨国翰，字凤藻，号丹山，云南云州人，道光二年（1822）九月由奉化知县调任诸暨，有云南"五华五才子"之称。

杨国翰在诸暨任知县期间，多次轻车简从，微服深入民间，了解实情，断事果决。杨国翰变服矫褐出行处理公务的故事很多，其中禁宰耕牛一事最为典型，耕牛是农耕社会最重要的生产资料，官府历来严禁私宰，但那时草塔、牌头一带多有屠牛者，一直难以禁止。有一天，杨国翰微服至草塔集市，特意在一家牛肉店里坐下来，买牛肉吃，边吃边故意埋怨道："吃着没味道，这一定是死牛肉吧？"店主不认识杨国翰，就大声呵斥："今天早晨杀的，鲜血都还在，为什么乱说是死牛肉？"杨国翰又假意问道："听说县署禁止私宰的规定很严厉，你们难道不怕吗？"店主嘲笑道："只是一纸公文而已，有什么好怕的？！"吃罢杨国翰就离开了，不一会儿，差役就前来将店主拘捕归案。见到知县，店主高声辩解："牛是自己死掉的，不是我故意杀的。"杨国翰斥责道："牛是今天早晨新宰的，鲜血都还在，为什么还要说谎？"店主再也说不出话来了。这天下午，在牌头市中也拘捕到一个屠夫，与草塔发生的情况完全一样。

　　类似这样的事例很多，杨国翰机智探实、雷厉风行的执政风格受到了广大民众的赞许，时有"能吏""杨青天"之称。与杨国翰交谊颇深的林则徐曾这样高度评价："深悉民情，勤求治体，风裁卓荦，操守洁清。"道光十二年（1832）杨国翰因母丧，奉旨护送灵柩归故里，长途劳瘁，加之哀伤，抵家即溘然长逝，林则徐特为其撰写《墓表》。诸暨清道光进士余坤为其作《三哀诗》，诗人郦滋德作《循吏颂》。《光绪诸暨县志》更是不吝笔墨，大力褒扬："汉时吴公治平为天下第一，若此者可以当之矣""迄今八十余年，杨青天之名传颂弗替，簿谳诸事，亦犹有人能道之者"。

茲猶信開伯師事族父璧璧歿開伯具孝行爲請　旌建坊入祠尤叔季所難

陳克全字伯修邑諸生少從朱文懿公遊文懿相神廟招之遂入都公曰生困於有

司吾今薦生於朝庶幾其得官乎對曰克全不才不自奮激夫子宰天下而私及門

人如朝廷名器何克全行矣鍵戶著書終身不仕

陳大烈字殿梁邑諸生居衡刻苦有志于性命之學嘗讀易至韓康伯所註繫辭說

卦諸篇坐困者累日忽掩卷笑曰易道精微乃至是乎遂大悟積三十年惟窮理格

物爲事他無所嗜爲卒之日友人何百鈞讚曰基之築性以蓄采之揚文以彰溫乎

其栗惕乎其謐殆蔡沉黃幹之流而蹈乎紫陽之室

郡人姚陶大能仁寺碑記自晉許徵君元度捨宅爲寺而宋政和間改名能仁其爲

梵刹古矣吾越山水清妙高僧多駐錫於此而郡城以內巨麗者凡三區自能仁外

日大善日開元其廣輪晷相等然二寺在城心爲四方所輻輳市廛旁午駔儈負擔

之聲填咽於耳識者病其囂獨能仁僻居西南清流環繞挹飛來而面鮑郎塵埃之

冯至《允都名教录》卷二

爲語胸羅兵百萬宍中小醜那能逃。

蔣

燮字調元號梅垞山樊人乾隆壬子擧人歷官

於學炎麗水義烏敎諭著有梅垞詩鈔不休。其爲詩獨

知摹古復風雅之正亦前輩之卓卓者嘉慶中袁

太史小倉山房詩集風行海內先生獨不滿其爲

人作詩鄙之深足爲簡齋他山之攻郞其持守不

益可微矣

阿品誰所造

過牆花

一樹過牆花其下兩家住東家方圍藥呼作合歡樹紅

袖解秦箏朝朝復暮暮西家方別離謂是斷腸花花片

隨風去幾時客還家

《诸暨诗存》卷十二《蒋燮传》

文人风骨

　　诸暨曾是越国古都，历史悠久，一方山水养育一方人，独特的民风已固化了千百年。南宋祝穆编撰的《方舆胜览》称："诸暨民性，敏柔而慧。"《浙江通志》载："民性质直而近古，好斗而易解。"《隆庆诸暨县志》述："诸暨丛山广川，故民之生，刚矣而近懦，柔矣而实悍。"诸暨人南人北相、率真耿直、敢于拼搏而又聪慧机警的个性，当代人则概称为"木柝"精神。

　　诸暨文教昌盛，人文荟萃，耕读传家之风久盛不衰，明朝名臣商辂在《诸暨学记》中赞誉："山川清淑，士生其间，伟然秀出。"《嘉泰会稽志》记述："民勤俭好学，笃志尊师，择友弦诵，比屋相闻。"《乾隆绍兴府志》载："其士率砥砺名节，能建立。"

　　清高孤傲似乎是文人们的商标，大众常视之为通病，但在特定的地域文化环境和时代背景下，清傲却是他们个性和品质的必然外示，从这个意义上论，清傲甚至是一种美德。当文人的特质与诸暨的民风结合在一起的时候，诸暨文人硬朗的个性、坚韧的毅力、高洁的志趣便更显露无遗。

　　"诸暨三贤"即是其中杰出的、典型的代表，他们的书文画作不拘一格、高古清逸，他们以"隐居""侨寓""醉狂"的方式来应付乱世，他们不约而同地采取了"不屑""不就""拒之"的态度来面对权贵。当然，还有更多的普通文人，即便他们生计维艰，或屡试不第，或学而不仕，却仍能苦志力学、不受通家之惠、坚拒师友之携，清操自励，洁身自好，因为他们身上流淌着共同的血脉——诸暨文人的风骨。

现辑录五位诸暨古代文人的小故事，以小见大，从中或许你也能领略到诸暨"木柮"的风采。

陈克全·不领师情

陈克全，字修伯，邑诸生，少从朱文懿公游，文懿相神庙，招之，遂入都，公曰："生困于有司，吾今荐生于朝，庶几其得官乎？"对曰："克全不才，不自奋激。夫子宰天下而私及门人，如朝廷名器何？克全行矣。"键户著书，终身不仕。

——冯至《允都名教录》

朱赓，字少钦，山阴人，明隆庆二年（1568）进士，入翰林，官至礼部尚书，万历二十九年（1601）再兼东阁大学士，而至万历三十四年（1606）则位极人臣，成了内阁首辅。因卒后赠太保，谥"文懿"，后人尊称朱文懿公。

朱赓与几乎同时代的诸暨名人骆问礼交情颇深，常有书简往来，并为骆问礼的《万一楼集》作序，誉其为"盛世大雅卓尔不群之君子"。而位高权重的朱赓更没有忘记诸暨的一位普通学生，那就是年少时曾经跟随自己求学的陈克全，虽然他一直都很勤勉，但至今仍是一名生员，一直入仕无门。于是朱赓召他入京城，为他在朝廷里找了份"工作"。

有一天，朱赓问陈克全："你一直仕途不畅，现在我把你举荐到朝廷做事，用不了太久就可以得到官职了吧？"不料，陈克全面对老师关切的询问，竟然不假思索地回答："学生不才，也不够努力，因为有老师的帮忙才谋得这

不領師情

陳克全邑諸生 少從朱文懿公遊 朱廣當國招之入 都公曰生用於有 司吾今薦生於 朝庶幾其得官 平對曰克全不 才不自奮激

夫子宰天下而私及門人如朝廷名器 何克全行矣建户著書終身不仕

庚子春三来書

份差事，以生员的资质想谋得官职更是不敢奢望，否则那些功名已就、堪称国家栋梁的才俊怎么办呢？老师的好意我心领了，我还是回去吧。"

于是陈克全回到了诸暨老家，从此闭门读书，终身未入仕途。

章在兹·匿书蹭蹬

章在兹，字景与，康熙庚戌岁贡。明年廷试北上，从兄平事与御史余缙同年，寄以书，在兹至京匿之，缙讶而转责，喟然曰："吾潦倒诸生三十年矣，顾为此区区怀刺干谒耶？"由此蹭蹬。

——章陶《章平事传》

章平事，字大修，号无党，三都人。余缙，字仲绅，号浣公，高湖人。两位诸暨文人同在清顺治壬辰科（1652）中会试中式，成同榜进士，这更增进了他们之间的友情，从此毕生结交，在余缙的《大观堂文集》中，收录有《辛酉三月同无党章年兄泛舟天镜园有感，及读无党兄大作，因奉和原韵》《和章无党年兄原韵》等诗作，就是他们友谊的见证。

会试中式后，章平事除河南永宁知县，后致仕归故里；余缙除河南封丘知县，后授山西、河南道监察御史，晚年致仕寓居越城之观仁里。

章平事有个堂弟叫章在兹，字景与，是康熙庚戌（1670）岁贡生。清朝初期，设有廷试岁贡生的制度，录取者可以直接任职，所以第二年章在兹就上京参加廷试，此时余缙正在河南道御史任上，除常常需要到各地巡视外，其余时间就住在京城的官邸里。章在兹出发前，章平事特意写了一封"介绍信"让其带上，到时交给余缙，以便得到同年好友各方面的照顾。到了京城，章在兹如约拜访了余御史，一番寒暄后，就告退了，也没把一直揣在怀中的书信拿出来。事后，余缙闻听此事，先是诧异，继而责怪章在兹藏匿了书信。

章在兹在得知余御史的反应后，并没有后悔自己作出匿书的决定，只是叹息道："我都做了三十年诸生了，还在意区区这封书信做什么呢？！"

此次廷试章在兹没有被录用，之后功名、仕途之路就一直困顿受阻。至康熙二十六年（1687），朝廷停止岁贡廷试，改为学政挨次考准咨部，选授本省训导。第二年，失意了数十年的章在兹终得浦江县学教谕一职，任职期间，他待读书人真诚如家人，修缮文庙，振兴文教，订立《月泉书院学规》，著《浦江县修文庙碑记》《月泉书院记》。后又升金华府学教授，但未赴任而卒，他的后事由浦江士人办理，连偏僻山区的人都赶来凭吊，众人把他的灵柩和遗像护送到诸暨老家。

周接三·谢师拒索

周晋，字接三，号超然，花亭乡水口人。雍正丙午举人。公车北上，谒座师，门者索金，晋拂然曰："师之拔我，与我之受知于师，皆公也，非私也，何得污我师并以污我？"即整衣冠，望师门再拜去。

——《光绪诸暨县志》

周晋，字接三，号超然，花亭水口人（现属浬浦镇），在雍正丙午年（1726）乡试中举后，趁北上参加会试的机会，如约前去拜谢乡试主考官。这也是自科举制度设立以来的惯例，凡中举或中式的考生，视主考官为座师或座主，并自称门生，这样主考官与考生便有了师生之谊，门生拜谢座师也就在情理之中了。

担任雍正丙午科浙江乡试主考官的是福建安溪人陈万策，他是清朝著名的数学家，先后担任翰林院编修、詹事府詹事、国子监司业等职。陈万策十分赏识周晋的才华，在乡试时推选他为"对策第一"，而周晋确实也非常

谢师拒索

周晋水口人雍正丙午举人公车北上谒座师门门者橐金晋拂然整衣冠望师门拜去师闻之黜门者别遣仆追之则曰我已谢师矣卒不还

庚子春日 三朱画

用功，饱读经史，著述颇丰，著有《国风论》《周礼论》《续四勿箴》《朱陆异同辨》《四书体行集》等。为报知遇之恩，抵京城后，周晋便兴冲冲地前往座师寓所，到达大门口时，料想门卫会及时向座师通报，不料，守门人却并没移步，而是向他摊开一手，意思十分明了，就是向他索取钱财，见此情景，周晋十分生气地说："座师提拔我，我得到了座师的知遇，都是出于公心，而非私情，你为什么要污辱座师和我呢？"说罢，整了整衣冠，对着大门毕恭毕敬鞠躬作揖，然后就离开了。

座师迟迟不见周晋前来面谒，便询问守门人，这才得知周晋因拒索而别一事，就当即辞退了守门人，并另派仆人前去追赶，好不容易追上了，仆人转达了座师希望面见周晋的意思，周晋却说："我已经拜谢过座师了，就不再回去了。"

周晋的性情竟是如此之耿直持正。

在《光绪诸暨县志》"厥访"卷中还记载了与周晋相关的另一则故事，说有一位叫郭文宗的诸暨人，寓居在京师，有一天忽然大流鼻血，自认为必死无疑了，就一直躺在床上，某天突然张开眼睛，起身行点头弯腰的待客之礼，并兴奋地对仆人说道："我没事了，接三已经为我请求于上天了。"原来周晋公车北上后就留在京城，生病的时候郭文宗为他精心调治，周晋去世后又为他入殓，并讣告在京同乡，收到的丧礼一并归于周家，自己还出资帮着把棺木送回故乡。这故事看似奇诞，却十分符合诸暨人的品性，即出门在外的抱团意识特别强。

蒋调元·足瓮夜读

梅坨潜心于学，炎夏夜读，内两足瓮中，鸡唱不休，其为诗归于风雅，《小仓山房集》方风行海内，先生鄙其为人，作诗訾之，其持守不阿如此。

——《诸暨诗存》

夜深了，在山边的一间草庐里，有一个人端坐在如豆的油灯边，如果掀开半遮半掩的长袍下摆，会发现他的双脚埋在一只广口瓮中，看到这样一个颇为滑稽的场景，你或许会忍俊不禁，很难跟体面的文人联系在一起。事实上，这场景中的主角正是一位文人，他就是诸暨清代的诗人蒋燮。

蒋燮，字调元，号梅坨山湾人，义安乡山环人（现属次坞镇）。蒋燮读书非常勤勉，可一到夏季，恼人的蚊子寻着油灯的光亮，纷纷拥进简陋的书斋里，影响蒋燮聚精会神地读书。看到屋子角落里有一只瓮，忽心生一计，

置甕夜讀

清諸暨詩人蔣變炎

夏夜讀納雨置於甕

中 庚子春三采畫

把瓮移到脚边，瓮的大口刚好可伸进两只脚，再用长袍的下摆盖严实，这下蚊子就咬不到脚了；瓮里面很清凉，双脚踩在里面，竟消去了些许酷热；且足在瓮中，当然也不方便走动了，这样不知不觉间就读到了天亮。古有悬梁刺股、凿壁借光，暨邑有蒋燮足瓮夜读，可谓异曲同工之妙也。后来蒋燮考取了乾隆壬子科举人，任丽水、义乌教谕，他的诗作不仅收录于《诸暨诗存》中，光绪十七年潘衍桐编的《两浙輶轩续录》也收录了他的两首诗《打虎儿》《丰碑》。

类似苦志力学的诸暨文人很多，如魏夏，字仲长，号庐南，枫桥魏家坞人，家贫如洗，床榻空空无被褥，却自嘲道："吾藉冻饿以炼文心耳。"艺文日进，与其好友骆炎有"越中二隽"之称，著有《五经疑问》《四子发书微》《庐南文稿》等。再如清代诸暨诗人郭毓，在得到倾心已久新刻的《王冕竹斋集》时，为之狂喜，"时秋暑方盛，篝灯而疾读之，不自知蚊蠓之刺肤与沾汗之流足也"。

杨文灿·义让资格

初与童子试，有章姓者即获隽，复被斥，以文灿易之，人皆为文灿喜，文灿曰："我可喜，章顾若之何？章年逾四十，家有老母，得而复失，其志坠矣。"因白于当事者，愿以让章，当事者许之。

——《乾隆诸暨县志·义行》

杨文灿，字谷士，因为他只是一名秀才，所以鲜有文献载述其生平，却因一项义举而被列入《乾隆诸暨县志》的"义行"卷中。

事情是这样的，年少的杨文灿第一次参加院试，这是童子试中的最后一次考试，也是关键性的一次考试，如果考取了就意味着从童生转为生员，也就是有了最初级的功名，可以进入县学或府学学习，同时还拥有免除差徭、见知县不跪、不能随便用刑等特权。可杨文灿并没有考中，正当他十分沮丧时，却传来了一个好消息，说是有位姓章的老童生考中了，后来又不知什么原因被取消了资格，而杨文灿的"考分"正好排在章童生之后，这样主考官就按序"录取"了杨文灿，正当小伙伴们都为他感到高兴时，杨文灿却说："我如愿了固然值得欣喜，但章兄怎么办呢？他已年过四十，家中又有老母需要赡养，本来已经得到了功名，却又突然失去了，受到这样的打击，以后他肯定非常消沉了。"

于是杨文灿找到了主考官——学政，详细叙说了章童生的情况，并当即明确表态，愿意将自己的名额让给他。主考官被杨文灿的义举所感动，满足了他的请求，这样章童生重新取得了生员资格，而杨文灿则推迟了三年才获得入学资格。

乃出所得金并縑付之其子感且泣同人莫不多其義

焉炎後爲重慶府司獄以素封終訪採

姚日南字仰雲諸暨人有田百數十畝順治丁未邑水荒

鄰其田之牛倣義倉法行之於鄉意來歲秋成其法可

久也明年文荒焚其券盡所留之午蠶鄰以賑焉由是

家貧命其子文典耕樵以給一旦與徒樵路拾遺金百

許坐守以待覓者南往探之知其故喜相與守至暮次

日守如故而覓者卒齎遂與典于拾金處設草舍施粥

及荼數年金盡乃止而南竟食貧以終訪採

朱雷字士聲山陰人每暑月病痱穢流祇衽席身自浣濯不

《乾隆绍兴府志》卷六十一《义行下·姚日南传》

第平十三年來等僞號洪楊諸賊肅澄請大軍之後有凶年厲氣

致殄莫怨天民有子遺多疾病家無粒盡難炊春霜殺麥桑無

葉夏早無禾草欲然賑恤豈無望外澤疳瘦眛未復芮中千即今幸

復太平時痛定仍將痛自思二十年前塗炭裹頂逢天日倍神馳

盛衰理亂原難料千古河山一局棋世運逗逗眞天所主人心風俗

兩難持長歌一曲以當哭敢告千秋萬世知

平原

顧熊飛字華峯癸亥擧人乙巳成進士墨福建順昌延年邵

武等營協鎮都督府護泉州陸路提督軍務閩南統師威豐間

以平洪楊著功名七十六卒於官菲順昌大幹鎮張墩塢新嶺

諸授振威將軍追贈建威將軍熊飛好學尤工筆力雄健似顏

竹工茜大慶璘山人性誠摯無所嗜好少奉長生教年十八,

寮家居銀坑洞畔發導引日飲勺羹久之羹亦絕洞外爲道院謝

資客七年世衆忘之炎里有素識叩廟祝介見大慶趺坐甚莊逼

體曾野蜂敗葉其人大驚呼之大慶首問得不傷痛否曰「此

護法也浼無苦」年二十八告廟祝「我將于某日死死即焚吾屍

」如期果卒廟祝爲積薪閣維時光緒八年也。

一一四

光緒間有乞丐馮夏寶者步溪人早喪父母患瘋疾手無指

擧日乞食街亭市中夜宿寺宇下久之積錢漸多會澗濱廟造石

橋夏寶首捐銀三十元鄉人義之光緒十一年街亭道路沖決衆

方欷修復之難夏寶又捐銀三十元賣石砌路四近富室聞之皆

有愧色。

傳夢夏字立齋一字華川梅嶺諸生父書田以著名家夢

夏少承庭訓學行一歸於正爲文極高簡試以新緊爲宗著辟疆

軒稿四卷爲仁和譚仲修大令徐花農侍郎所稱光緒己丑謁兄

夢麟於梁豁得呉遊草一卷纂寫蘇常風物直欲嗣響苍山性孤

嵝與曉澗湘秋昆季游嘗出荷阪過藍田縈藤登岸臨水數泡

以自樂歸則茶烟一榻蕭然物外有懷葛皇之想其生平寫哥句

云「事脊吃虧眞學問身能安頓是聰明草因有色還相賞花果

能香不在名」讀其詩可以知其所造之深矣

斯松亭水村一曲清流抱隔江有釣村聽泉眠石磴垂釣旁

羅根壁溪西得陳地築搆小亭臺樓自背山起門都面水開;題柯

溪店壁溪堆葉塞屋蘆花靜閉門漁歌明月夜得意倒芳樽;

人屐集沽酒客常來我愛花深處臨風坐幾回 夏日遊解至寺

《諸暨民報五周紀念册》"諸暨社會現象"专栏

民间传奇

　　诸暨民性，耿直爽快，向来崇尚孝友、乐善、仗义诸美德，或遇亲友有难，便舍己救护；或视公益凋疲，则乐捐以振；或见路有不平，辄出手相助。故民间孝悌、义行层出不穷，"庐墓张"之孝行，载入《新唐书》；黄氏建"望烟楼"，登楼眺望，为未举炊者送粮；方镒创设义塾，延请吴莱、项炯、黄叔英等名师，不但振兴地方文教，还吸引宋濂、郑深、方孝孺等名流前来求学，诸如此类，流传至今，仍为民众所津津乐道。

　　诸暨民众，勇于担当，敢于变革，不屈服于陋习恶俗，明骆问礼、清余縉等大家都曾撰文提出革新传统礼制之条例，以兴利除弊；清末乡绅孙瘦生、陈遹声等，竭力倡议禁赌事宜，以整肃风气；即便是乡夫民女，也不墨守成规，有胆气冲破世俗之禁锢。

　　凡此种种义行、变革之例中，虽多为司空见惯之事，也偶有奇崛跌宕之案例，发人之深省，扣人之心弦，无异于传奇，现辑录其中五则共赏之。

一槐翁·易药解怒

　　有人持缣两束黄，云欲换药料人肠。山中老翁一槐子，闻之不语股栗竖。

人命岂止千黄金，一匕入口言者喑。欲买绿矾付其手，充为野葛甘其心。此夫持将仇家饭，朝餐暮餐肠不烂。半年始觉毒无功，一掬不知翁所换。人来问翁翁说与，其人低头泪交雨……

——徐渭《绿矾彩鸡》

明万历二年（1574）农历十一月廿二日，徐渭骑着驴子，带着三个学生从绍兴出发，前往五泄风景区旅游观光，路过枫桥停留数日，拜访陈、骆两姓友人，又与好友郦琥重聚，郦琥向他讲述了发生在他父亲郦暖身上的一件奇事，细听详情后，徐渭欣然作长篇叙事诗一首，取名为《绿矾彩鸡》，后收录于其诗文集中。

易药解怒
明時暨邑有持
药毒人者一槐
老翁乃易药典
之约数月始應至
期怒解 山陰徐渭
為之赋
庚子春日
三采畫

原来这是一件令人称道的好事，说的是住在县城后街的郦暖（字和叔，别名一槐），有一天，路遇一人，见其满脸怒气，便拦住询问原委，原来此人因与邻里发生争斗，吃了亏，于是一怒之下准备拿着毒药去报复。得悉实情后，郦暖便心生一计，就骗他说："你拿着剧毒药马上把人毒死，这样做太明显了，别人必定知道是你所为，你也逃脱不了大明律法的制裁，我这里刚好有一味毒药，毒性小，发作慢，你用这药去毒人，别人一时看不出来，你就没事了。"此人一听有理，就爽快地与郦暖换了药。

过了半年，这人的怒气渐渐消解了，而被下药的邻里也一直无恙，心中暗自庆幸，却也很疑惑，就去问郦暖，不料，郦暖哈哈一笑，告诉他说："之前我换给你的其实是绿矾，不但不会毒死人，而且是一味中药，具有补血消积、解毒敛疮、燥湿杀虫之功效，我这样做无非就是想缓解你的怒气而已。"此人听了更觉惭愧，一再表示感谢。

这样一传十，十传百，郦暖易药的故事就在县城传开了，当然免不了添枝加叶，比如传说这一年郦暖家里的母鸡抱窝生了一只小鸡，五彩斑斓，样子十分奇特，人们都认为是绿矾的祥兆，徐渭在诗中也如此总结："绿矾德，彩鸡祥。"尽管此说多有传奇色彩，却正反映了大众弘扬美德、追求良善之心愿。

姚日南·拾遗施粥

一日，文典往樵，路拾遗百金许，坐守以待。日南往探之，知其故，喜相与守，至暮不至，逾日守如故，卒不至，遂命文典于拾处设草舍施粥及茶，金尽乃止。

——《乾隆绍兴府志》

拾遗施粥

姚日南因赈而贫命其子
文典耕樵以給一日文典路
拾遗百金坐守以待
不至日南遂命文典拾
拾處設草舍施粥
金盡乃止
庚子春日
三米畫

据《光绪诸暨县志·灾异志》载："（清顺治）十四年丁酉夏六月十九日，大水漂庐舍、冲田埂。"

世居湖乡的姚日南（字仰云），多年来勤俭持家、节衣缩食，终于置田一百多亩，家境渐裕，料想以后的日子会过得更舒坦。不料，天有不测风云，丁酉之年竟连降暴雨，以致洪水泛滥。遇此大灾，老百姓的日子就难熬了。面对灾难，看着饥肠辘辘的乡亲们，姚日南心中很不是滋味，于是忍痛割爱，卖掉了自己家半数的田亩，仿照义仓的形式救济乡民，他还有一个长远的打算，如果来年秋收丰稔了，放出去的粮食回收后义仓又能充实了，这样可保长久的安定。可祸不单行，第二年却又是荒年，姚日南不但焚毁了去年的义仓借券，不得已把剩下的另一半田也卖掉用来赈灾，这样一来，姚家重又一贫如洗了。

为了维持生计，姚日南只得让其儿子姚文典以种田、砍柴所得供给家用。有一天，姚文典又出发上山砍柴，在路边捡到了一个钱袋，打开一看里面竟有很多钱，姚文典从小受父亲的影响与训导，心中想着，尽管现在家境困难，也绝不能占为己有，于是就坐在路边等待失主认领。姚日南在家里一直未见儿子砍柴归来，就前去探望，看到儿子坐在路旁没去砍柴，便询问缘由，当得知真相后，姚日南极为高兴，就陪着儿子一起蹲守，一直到傍晚仍未等到失主。第二天父子又照样蹲守了一整天，仍无果。

于是，姚日南就吩咐儿子在拾钱的地方搭好一个凉棚，用捡到的钱买来米，支上施粥摊，同时免费供应茶水。这样，父子俩就每天在草棚里煮粥、烧茶水，直到把捡到的钱用完为止。

本来家境不错的姚日南因赈而贫，贫而不贪遗金，以施粥的方式回馈民众，其品德之高尚，令人折服。

陈氏子·御虎救弟

陈某，店口人，忘其名。父母殁，遗一弟，寝食必与俱。一日挈弟樵，虎暴至扑其弟，某奔救，连以柯击虎头，虎却，则负弟而去，虎追及，某左手挟弟，右手格虎，且格且走，呼声动山谷，山下有闻者，率众逐之，虎始窜去。

——寿于敏《陈御虎传》

诸暨多山，古代虎患不断，于是民间多有与虎相搏的事发生，这其中御虎救亲的典型事例或载录于方志，或作为赋诗撰文之题材。如清嘉庆庚午举

禦虎救弟

陳某巔口人父母殁遺
二弟寢食必與俱一日摯弟
樵虎至撲其弟左手挾弟右
手搤虎　庚午三木畫

人寿于敏，就曾为店口一位不知名的陈氏子作过传。

陈氏子，店口人，父母双亡，与年幼的弟弟相依为命。某天带着弟弟上山砍柴，忽然一只斑斓猛虎从树丛中窜出来，直扑向其弟，陈氏子迅速跑过去保护弟弟，用斧头柄接连猛击虎头，虎稍退却，就背起弟弟逃命，可老虎又紧追不放，陈氏子见势不妙，就用左手把弟弟夹在腋下，腾出右手不断与虎格斗，边走边阻挡，并不断大声呼救，喊声震动山谷。山下的村人听到求救声，纷纷拿着棍棒跑上山来，在众人的奋力驱赶下，老虎终于逃走了。事后村人问陈氏子："面对老虎，你难道不怕死吗？"陈氏子只是淡然地答道："那时我的眼里只有弟弟，没有老虎。老虎是十分凶猛的，情急之中也不知哪来的勇气，说我不怕死，其实并非如此。"村人纷纷赞赏他的义举，都叫他为"陈御虎"。

无独有偶，在义安乡（现次坞镇）也发生过同样的事件，据冯至《允都名教录》载："蒋阿桂，山环下园人。父张罟捕兽，阿桂年十五，挈弟往收罟，虎伏草中，突出攫弟，桂张拳击虎，虎惊窜，桂从容携弟去。"同村的清代诗人蒋燮还特意据此作了一首长诗《打虎儿》。其他如胡宏法，"上金人。年十六随父樵，虎扑父，宏法劈以柴斧，虎负痛释父，宏法负以奔，虎追及，宏法持斧面虎，虎却，又奔，追及，又如之，至山麓，宠法力疲，虎亦倦，舍去"。再如，楼长美，"枫桥人。年十二随父樵柯公尖。虎猝起攫父，长美奋臂搏虎，虎怒，舍父衔长美去"，等等。

凶猛的老虎足以令人恐惧，面对亲情，则又何惧虎威。

郭氏女·戴箸破俗

当时陈、郭素交好，图俭啬娶之。夕延至将晓，又下雨，男家络绎催行，而彼曹（指乐户）猖猖不可理喻。父母俱无奈，女知之，潜下楼，戴箸从后户出，步至夫家成婚。乐户始垂首去，习遂破。

——《光绪诸暨县志·山水志》

据《光绪诸暨县志·山水志》记载，苎萝山边曾有一座墓，墓主为女性，娘家姓郭，婆家姓陈，故称郭婆墓。或许你会觉得奇怪，一位普通女性的墓为何载入方志中？这还得从郭婆有一个代代传诵的名号——"箬帽太婆"说起。

相传从明朝开始，本土有个婚礼陋习，就是嫁娶时必请乐户，嫁女儿的人家须事先说好给予乐户的红包，费用由男方出，美其名曰"起发"，否则即使天色很晚了，新嫁娘想上轿赴婆家成婚，都会被乐户阻拦而不得让行。当时陈、郭两家因为平日交情极好，所以达成共识，婚礼尽量从简，该省则省，由于没给乐户好处费，一直等到天都快亮了，这时还下着雨，男方多次催促，但乐户吵嚷着不肯动身，女方的父母也无可奈何。郭氏女得知这一情况后，就偷偷下楼，戴上箬帽从后门溜出，步行到婆家完成婚礼，乐户只得垂头丧气地离开了。

在十分看重传统习俗的古代社会里，显然郭氏女的举动可谓大逆不道，按惯常的理解，这样的新妇进门，必然会对婆家不利，甚至还会带来晦气或灾祸。而事实却非如此，自从郭氏女嫁到陈家后，陈家更加兴旺发达，子孙繁盛，所以"箬帽太婆"的美名就这样一直流传开来了，婚礼中乐户必得"利市"的陋习从此被革除了。

而在《诸暨民报五周纪念册》中则载述了另一个版本"箬帽太婆"的故事："两家联姻，女家往往多方需索，而发轿时，争执尤甚，盖知男家以时成礼，必能偿其欲也。邑人所称，则有箬帽太婆之故事。太婆，下吴金姓，嫁后村钟家，娶之日，其父以未偿所索，不令上轿……"其后发生的事情与郭氏女几乎一样。

不管是郭氏女还是金氏女，也不论是乐户索利市所致，还是女方索彩礼而引起，在传统社会里，有这样勇于冲破习俗的女性，都是十分难得的。

冯夏宝·行乞解囊

光绪间，有乞丐冯夏宝者，步溪人。早丧父母，患疯疾，手无指拳。日乞食街亭市中，夜宿寺宇下。久之，积钱渐多，会清潭庙造石桥，夏宝首捐银三十元，乡人义之。

——《诸暨民报五周纪念册》

光绪十一年（1885）夏天，连续下着暴雨，洪水从大山里汹涌奔流而出，把街亭的道路冲毁了，众人聚在一起商议修复事宜，正当大家为乏资而犯愁时，只见一个衣衫褴褛的人，用残缺的双手颤颤悠悠艰难地从怀中掏出一个钱包，交给主事的人，大家打开一看，竟然是三十个银圆。更令大家惊奇的是，此人正是街亭家喻户晓的"名人"——冯夏宝。

其实冯夏宝只是一个乞丐，身世极为可怜，父母早丧，又患上了麻风病，严重的时候双手溃烂，最后失去了手指，也就丧失了劳动能力。说他是"名人"，是因为街亭人经常看到他白天在集市中乞讨，晚上在寺庙里借宿，所以大家都认识。这样乞讨的时间长了，冯夏宝就有了一些积蓄。此前清潭庙建造石桥，他第一个捐款，捐了三十个银圆，这次因修复道路筹款，冯夏宝再一次捐银圆三十个。一个行乞的人两次慷慨解囊，在当地着实引起了轰动，都纷纷为冯夏宝的义举而点赞，而一些富户更是觉得惭愧不已。

其实在诸暨的历史上不贪钱财、热心公益的事例极多，在方志中就如实记录了他们的义行，在此不作赘述，补录《诸暨贤达传》所载两则，《元宣玄传》："宣玄，字子初，性行修洁，与剡人商舜华善，舜华游西州，以银一缄寄玄宅。岁余，舜华客死，玄提金走剡，吊其家，付其子曰：此尔父所寄银也，今以归之。闻者皆称为义士。"《国朝郑鸾传》："郑鸾，庠士，家素封尚义。其地岁有旱涝，居民苦之，独捐三百金造闸长堤，以利本都……尝因乡人好斗，筑一小楼名曰：愿让。"

无论如何，一个身世困苦、以行乞为生计的人能多次捐助公益事业，是十分鲜见的，其精神尤为可贵。

若因法與人不善矯枉過直欲一切置之不辨是猶因

噎廢食慈葵而吮羅非獨頭固其如

功令何其如大局何我樓氏為邑著姓自宋七世徙遇儀山

聚族而耕累以數百計人以數千計及邑南窑族族大

而學尤闕如其殊鮮於春秋之貢耶藜藿薄宦遠游弗

克負荷先德今以塞事迤里門閭學界之黑闇竊不白

量謬附於發起人之後會宗祠謀議發老殷本族兩等

小學堂開附他姓俾族鄰之秀首有所成就次亦不失

為開化之農工商黌教取之丕泰不足則勘纂兩圖益

之復承嚴命歛捐百金為倡屬門下士酉陽鹿戊才雲

二

學餘堂

《暨阳凰仪楼氏宗谱》之《创办凰仪学堂记》

潘氏文昌會藏書章程

緣起　潘氏自尚文公卜宅東安後迄今二十六世代有聞
人光顯於世今則物質文明日新月異非將新舊學識融會
貫通斷難應用出而與當世士大夫相頡頏茲為保存國粹
嘉惠後學起見集合族中同志設立文昌會購置新舊書籍
以資觀覽先由瀛及錫祜錫疇等捐書若干部藏文昌會中
以為基礎日後族中如有熱心捐助陸續添置俾是會得逐
漸推廣垂諸久遠尤本會所厚望焉
　兹將文昌會藏書章程及書目列后
第一條　宗旨　本會藏書以保存國粹嘉惠後學為宗旨

《暨阳东安潘氏宗谱》之《潘氏文昌会藏书章程》

038

家族风尚

　　诸暨有山有水，有江有湖，土壤肥沃，气候适宜，当为宜居之宝地，历史上除江南土著外，在魏晋、北宋末期和宋元之交三个时期从黄河流域移民迁居至此，择地发迹，经过数代繁衍，迅速发展成为规模较大的族群，因此诸暨多有以同一氏族聚居而成的村落，其中不乏名门望族，仅以科举闻名的就有花亭黄氏、宅步陈氏、枫桥骆氏、藏绿周氏、蓝田金氏、高湖余氏、建溪戴氏等，其他还有如以孝行载史的庐墓张氏、以义勇惊世的东安包氏、以义塾称美的白门方氏、以乐善受旌的上林斯氏、以清白扬名的暨阳杨氏，等等。

　　传统社会时期，采用宗族自治制来维系族属的稳固，而规约与教化则是实施宗族自治的主要途径，即通过订立家训、族规，作为共同遵守的准则来规范和约束族人的言行；利用"冠、婚、丧、祭"传统礼制和"四维""八德"传统道德观念来训育和感化族人的内心。

　　宗族自治除上述共性外，各族属还结合本族地域特色或历史轨迹，彰显个性，在耕读传家、帮困扶贫、和族睦邻等方面标榜乡里，为民众所称颂。现辑录五个家族在各个不同历史时期所创立的风尚，以一睹诸暨传统村落之风采。

善溪何氏·种善得善

种善犹树，种之厚土，培之肥壤，根柢盘固，枝叶繁盛，经霜雪而不萎，历年岁而愈在。种善之义其如是乎！

——节选自吴士英《种善亭记》

据《暨阳善溪何氏宗谱》记载，何易，原名恍，南宋乾道末年，自括苍龙泉迁居诸暨善溪（今安华镇宣何村），繁衍生息而成诸暨善溪何氏一族。

至明代，善溪何氏家业丰厚，已发展成为当地巨族。其时有一位年逾六旬的老者，名叫何彦高，筑室于茂林修竹的勾乘山麓，颐养天年，平时读读书，阅览医学及诸子百家的著作，闲暇的时候就游观山水风光，吟诗赋词，怡然自得，总之，晚年生活极为幸福。俗话说："积善之家，必有余庆。"每当何老先生快意之时，就在心中追念感恩何氏先祖，总觉得眼前的幸福生活是历代何氏祖宗积德行善所致，而后世子孙更应敬祖亲宗，不能忘本，于是何老先生就在石壁边上建了一个亭子，亭子的匾额上大书"种善"二字，该亭即命名为种善亭。明洪武年间浦阳吴士英为之撰文——《种善亭记》，并载录于道光十五年（1835）所纂修的《暨阳善溪何氏宗谱》中，不仅记录了建亭之由，更详细地阐述了"种善"二字的深意，即积德行善犹如种树，扎根在厚土中，再施以肥沃的养料，这样树木就会长得根基稳固，枝繁叶茂，经历千百年风霜雨雪而不会枯萎，仍郁郁葱葱在生长着，只有将"善"植根于族属中，然后代代传承，家族才能万世永昌。

正如吴士英所言："颜高氏之所种善，岂特百年之报而已哉！"善溪何氏代有人出，清乾隆四十年（1775）由善溪何氏迁居萧山何童埠之后人何异兰中武殿试二甲第一名，民国时期出何卓权、何国华、何国良三位少将，当代则有曾任教育部部长的何东昌。

种瓜得瓜，种豆得豆，种善也自然得善、纳福。

種善得善

善溪何氏彦高首建
種善亭浦陽吳士英曰
種善猶樹種之厚土
培之肥壤根柢盤固
枝葉繁盛經霜雪而
不萎歷年歲而愈在
種善之義其如是乎

庚子春日
三朱畫

莼塘朱氏·麻草自直

孔子曰："麻冕，礼也；今也纯，俭。"《图经》曰："诸暨出三如。"谓如锦之桑、如拳之栗、如丝之苎，取名以此，欲子孙之守古礼而勤桑麻也。又闻麻中之草，不揉而自直，取名以此，欲子孙之贤者如麻之多、不肖者如草之直也。

——朱秀昌《麻园说》

诸暨传统特产素有"三如"之说，即如拳之栗、如锦之桑、如丝之苎，而苎麻则以灵泉乡（现大唐街道一带）所产的量最多、质最佳，据明弘治《绍兴府志》载："灵泉麻，以麻为之，诸暨灵泉乡产者，精好纤密如罗，漱之以水，辄成縠纹。"《诸暨民报五周纪念册》载："苎麻，出草塔一带，为'诸暨三如'之一，有绢麻质细而柔；有柴麻质粗而硬；此外又有芙蓉麻、络麻、青麻、袋麻，皆以种别者也。"

暨阳莼塘朱氏的发祥之地，名为麻园，顾名思义，这里盛产苎麻，似乎没有更多的说道，可经其族人、邑庠生朱秀昌的诠释，赋予了"麻园"哲理性的内涵，耐人寻味，让人耳目一新。

朱秀昌在其所撰的《麻园说》一文中，首先引用了《论语》中的说法"麻冕，礼也"，意思是说古代的礼制要求用麻编织成礼帽，然后摘录了《图经》"诸暨出三如"的说法，朱氏聚居之地取名为"麻园"，即是告诫子孙要遵守礼制，并勤于耕耘，种植桑麻。而更为精彩的是，通过观察发现，长在麻地中的杂草，受笔直密实的苎麻杆所限，也只能直着向上生长，而不能像一般土地上的杂草那样蔓生着，于是借物喻人，朱秀昌特别指出，以"麻园"命名里居，就是希望族中的贤良子孙如苎麻杆那么多、那么正直，而不肖子孙在这样的大环境中，自然受到了约束，不得不收敛自己，逐步摒弃不良习气，从而形成和美的族风。最后朱秀昌在文中作了这样的总结："（麻园）顾名思

麻草自直

燕塘朱氏里居名麻圉朱秀昌撰麻圉説曰聞麻中之草不揉而自直取名以此欲子孫賢者如麻之多不肖者如草之直也　庚子四月　三秉畫

　　义，鉴衰败之戒，守家礼之远见，敦勤俭之素，全赋性之理，庶不负祖宗命名之遗意也。"

　　麻草自直，可谓宗族教化之优秀案例。

乌岩蔡氏·航村溯源

　　以仁为帆而扬之，以义为柁而捩之，以礼为樯而树之，以智为筰而引之，以信为缆而维之，编忠孝以为篷，撑廉耻以为橹，操道德以为棹。

——傅学沆《航村说》

据《乌岩蔡氏宗谱》载，蔡宏（1067—1152），字世远，号毅斋，宋宣和年间官参知政事，升平章事，封金紫光禄大夫，宋建炎三年（1129）随驾南迁，初落户于武林，后寄居于永兴（萧山古称）城南，遍访风俗山水淳美之地，遂择定开化，为乌岩蔡氏之始迁祖。族居乌岩（今属陈宅镇），析分蔡村、航村、乌二等村，随着族属规模的不断扩大，后又派分长宁蔡氏（东和）和孝义蔡氏（东白湖）。

直埠傅学洃，字太冲，号莫庵，为乾隆癸酉科（1753）浙江乡试解元，著述颇丰，博学善诗。有一次傅学洃问及其好友乌岩蔡氏的菊溪先生："你们居住在凤山南麓，地势为峡谷，左不连江，右不带湖，为何取名为航村？"菊溪先生微笑着说："傅君号称博学之人，那你就猜猜看，猜中了就干一大杯酒，猜不中就为我撰就《航村说》一篇。"傅学洃一猜："或取后山脱身万里航之义而名之乎？"即源于北宋诗人后山居士陈师道所作诗《还里》，其中有"永愿守一丘，脱身万里航"之诗句，不中。二猜："或取荆公披蓑上野航之义而名义乎？"即源于荆国公王安石诗句"携幼寻新的，扶蓑上野航"，仍不中。三猜："或取杨寡见乘国如乘航之义而名之乎？"即源于汉代著名思想家扬雄（原为杨姓，后自改为扬）所著《法言》"寡见"卷中"乘国者，其如乘航乎？航安，则人斯安矣"之语，再不中。如此三猜足见傅学洃学识之渊博，可惜均未猜中，不免面露难色，于是深思片刻再次答道："俗语有云：蔡公过浮航，脱带腰舟。定取自此义。"说的是东晋时蔡谟（字道明）拜为征北将军，此人行事极为谨慎，每过桥乘船时必在腰带处系上舀水用的大瓠，菊溪先生听后不禁大笑道："你这个说法真有点儿刻舟求剑的味道。"于是向傅学洃道出了"航村"的出处，其实说来也很简单，迁居航村的先祖慷慨好施，不计得失，看到贫困之人，不管远近，都能拿钱粮救济，人人皆称苦海慈航，村名即由此而得。

傅学洃知道答案后，十分感慨，于是欣然撰写了《航村说》，还对"航村"之义作了更深入的论述："以仁为帆而扬之，以义为柁而挨之，以礼为櫋而树之，以智为筏而引之，以信为缆而维之，编忠孝以为篷，撑廉耻以为橹，操道德以为棹。"巧妙地将传统道德准则融入"航"之中。

需要补充的是，20世纪60年代，因水利建设的需要，乌岩一带将建造石壁水库，世居数百上千年的传统古村落顾全大局，按政府制定的规划移民迁居，其中航村的一部分整体移民至县城以西，即现暨阳街道新航村。

凰仪楼氏·创设新学

> 窃不自量，谬附于发起人之后，会宗祠谋诸父老，设本族两等小学堂，间附他姓，俾族邻之秀者有所成就，次亦不失为开化之农工商贾。款取之公产，不足，则劝募而附益之。复承严命，岁捐百金为倡，属门下士酉阳庾茂才云卿草《学规》若干则，作嚆矢之引。
>
> ——楼藜然《创办凰仪学堂记》

清末期，因国家屡遭列强欺凌，为增强国力，有识之士提出了"实业救国""教育救国"的策略，于是兴起创办新学之风，自古文教兴盛的诸暨当然不甘人后，吴忠怀率先于1902年创办了翊忠学堂，其后各村各族纷纷跟进，据《诸暨民报五周纪念册》统计，至民国九年（1920）诸暨有高小19所，在校生1375人，国民小学校327所，学生数14591人。

诸暨凰仪楼氏开族于元代，族居王家井凤仪楼村（现属暨南街道），族属一直以来十分重视教育，清朝就出了两位推动诸暨文教事业发展的名儒，一位是乾隆二十五年举人楼卜瀍，主修了乾隆版《诸暨县志》；另一位是光绪五年举人楼藜然，号蘠庵，于民国五年（1916）捐书四五万卷，再搜访购募二三万卷，创建诸暨图书馆，并任馆长，即为诸暨图书馆的创始人。

而十年之前，即光绪丙午年（1906）楼藜然就积极倡导宗族兴办学堂，由于受根深蒂固的传统观念影响，民众难免排斥新学，他指出："病噎者不能并食而废也，伤热羹者不必见冷齑而吹也！"只要"诚使立一学、开一校，格守定章，严编规则"，必定可以办好学堂。楼藜然不仅鼓动族人积极参与创办学堂事宜，还身体力行，承诺每年捐百两银子，让其门下士四川酉阳人庹云卿起草《凰仪学堂学规》，希望"我诸父老及热心于学之宗彦，矢以公心，持以果力，无一丝一毫自私自利之意掺杂其间，则族学之成可翘足待"，并规划学堂的未来，"由是改良扩充为吾乡一完全学堂，他日吾宗子弟，循循绳墨，出为人敬，比于宋时湖学弟子"。

在凰仪学堂的基础上，至1913年凤仪楼正式设立作人小学，据《诸暨民报五周纪念册》载，民国八年至十二年间每年学生数均稳定在百人以上，这在当时可算是为数不多规模较大的村级小学之一。

值得补充的是该族创建于清代的豹隐书屋，后因用两根鲸鱼肋骨更换了双步梁，而改称为鱼梁书屋，一时间成为见证凰仪楼氏耕读传家优秀民风的标志性建筑。

东安潘氏·文昌惠族

今则物质文明，日新月异，非将新旧学识融会贯通，断难应用，出而与当世士大夫相颉颃，兹为保存国粹，嘉惠后学起见，集合族中同志，设立文昌会，购置新旧书籍，以资观览。

——《东安潘氏文昌会章程》

诸暨东部有一个山村叫潘家坞（今属店口镇），南宋时期潘姓迁居于此，繁衍而为东安潘氏。

一百年前，十位潘氏读书人难得聚在一起，他们之中有从甘肃灵武知

文昌惠族

東安潘氏訥巷寄菴諸君捐書創設
文昌會可謂諸邑最早之鄉村
圖書室　三未書

县任上退归的潘瀛（字咏侯，号讷庵），从日本东京高等师范生物系留学归来的潘锡九（字寄群，后成生物教育家、曾任浙江博物馆馆长），诸暨中学、日本体育学校毕业生潘锡畴（号伯夏），浙江法政别科毕业生潘锡璋（号鸠泉），浙江第五中学毕业、在甘肃省长公署任职的潘锡璜（号倬侯）、邑庠生潘继嫌（号藜轩）、宿儒潘继传（号承轩）、大东公学毕业生潘继赓（号虞轩）等等。

其时，民国肇始，科学渐兴，面临这样的形势，他们认为既要传承国学精粹，又要让族人接受新知，即便身处乡野，也能胸怀世界。于是经过商讨，发起成立了潘氏文昌会，制订《东安潘氏文昌会章程》，各自购置并捐赠书籍若干册，其中既有经典古籍如《前汉书》《后汉书》《古文观止》《百子全书》等，地方文献如《诸暨县志》《蕺山书院课艺》等，以及当代书刊《战争三知识》《海军丛谈》《法政讲义》《清理财政说明书》《盐政杂志》等，虽共计只有数千册，但对一个山村来说却是一大笔知识财富。

设立文昌会后，所捐集的书籍并不只是作为藏书而束之高阁，根据章程规定，文昌会设置在司谏堂宗祠厢房楼上，可供村人阅览或借阅，这既是一个村级阅览室，也是一个乡村图书馆。

民国乙丑年（1925）东安潘氏续修宗谱时，将《东安潘氏文昌会章程》及书目载录于谱中，这在传统家谱中是极为鲜见的，或许可以这样说，东安潘氏文昌会是诸暨最早的村级图书馆。

者也予官擢都元匡子以職事至留都事間諸公多
論學者聞元匡子至皆以為商遇顧子固不入其說
人多啾啾而元匡子不以病予夫道無兩是入者主
則出者奴且予自愧不免而元匡子獨異於是此亦
其高之一端而所以各軒之意初不以此因為著其
說使歸揭之楣間固以畜元匡子而亦以告夫後之
居是軒者知此軒非以一人得名苟能有以自高則
風塵簿書之間亦可以為商山富春而文公所望於
後至者將不在同安云

三

骆问礼《万一楼集》之《高士轩记》

之於杞菊蘇子瞻之於蘆菔蔓菁莫不遂稱之見於
味歌而黃魯直謂士大夫不可不知此味充為蔫論
蓋貧賤者之所易得則無踰分之思而求之不勞不
為富貴者之所甚好則享之也安而用之也無愧身
不煩而心無愧此君子之所以有取於斯歟暨陽蔣
侯文旭以博士弟子高等選為監察御史其官貴顯
矣而其志清約廉謹以味菜名其所居夫為顯官而
嗜菜其善有二焉不溺於口腹之欲所以養身也安
乎已所易致而不取眾之所爭所以養德也推菜之
味以及乎人俾富貴貧賤同享其利而於物無所害

方孝孺《遜志齋集》之《味菜軒記》

轩斋雅蕴

诸暨是个文教兴盛之地，文人雅士迭出，他们或抒怀志趣，或寄情山水，或寻求慰藉，甚或自我嘲讽，而给自己的居室或书斋取上一个颇有意蕴的名字。

王冕的读书之室名竹斋，其师韩性撰《竹斋记》有述："世之言竹者，必征子猷，人以竹重也，元章孤高放旷，暨之竹将由元章而重矣。"而他的著书之室称梅花屋，诸暨的梅更因王冕而名重寰宇。元淮东道副使王艮致仕后筑室水南村（现山下湖镇大宣），晚年自号止斋，题室名为止止斋。清时西坞口（现属次坞镇）的吕鸿绪，因患痫病而不得应试，至老为布衣，但他博学工古文，自号其读书之室为病庵，人称太史的戴殿泗每有著述，就奔驰百余里，请教于吕鸿绪，冯至撰《忆病庵诗》有"布衣不食陈因粟，国计民瘼事事谙"之句……

轩斋有了名号，即便是陋室简舍，也显得高大上了许多。当然在历史的侵蚀和消磨下，鲜有留存于今的，大多倾圮而湮灭了，甚至连遗址也无从考证确认，幸好借助于文字的载录，仍可让我们领略到它们昔日的风采，寻踪到它们主人的心路历程。现辑录五位诸暨文人的室斋名号，以探求其渊源，领悟其意蕴。

元厓子·高士气度

夫道无两是，入者主，则出者奴，予自愧不免，而元厓子独异于是，此亦其高之一端。而所以名轩之意，初不以此。因为著其说，使归揭之楣间，固以畜元厓子，而亦以告夫后之居是轩者，知此轩非以一人得名。苟能有以自高，则风尘簿书之间亦可以为商山、富春，而文公所望于后至者，将不在同安云。

——骆问礼《高士轩记》

诸暨老城有一条后街，名门望族多置宅于此，沿街依次分布着进士第、

大儒第、忠孝第等，明代贡生郦琥的高士轩也在其中。

郦琥（1505—1578），字仲玉，号元厓，师从钱德洪，也即王阳明的再传弟子，一生恪守阳明之学，以贡生官绩溪县主簿。而时任赣州中丞的汪周潭也出自王阳明门下，十分敬佩郦琥的学识和为人，就以朱熹任同安主簿时曾自题所居之室为高士轩，为之题写了同名匾额。

郦琥的"同学"、曾一同师事钱绪山先生的骆问礼为之撰写了《高士轩记》，更加深入地阐述了"高士"的内涵。按传统观念，高士指的是那些曾居高位而后又隐居的显贵之人，秦末隐居商山的"四皓"与东汉隐居富春山的严子陵即其中杰出的代表。而主簿的职位是很低微的，朱熹虽为一簿，却自号高士，一是领会儒家"人人皆为圣贤"之精髓，二是如其所言"此轩虽陋，高士者亦或有时而来也"之意。

而骆问礼视郦琥为高士却另有所解，虽然他自己也算得上是阳明先生的再传弟子，却酷爱朱学，"而于文成之道谢不欲闻"，对王学常颇有微词，"自许以为得王文成正传"的郦琥，却并未因道不同而不与之相交，两人的同学情谊日久弥坚，"每相遇，必谈论终日"，此元厓高士气度一也。郦琥虽入王学之门，却乐意接受朱子同名轩号，"欣欣不以为怪"，"默饮其醇，居之而不怪者也"，这又元厓高士气度一也。

总之，对于朱、王之学，骆、郦两位同学的分歧比较大，骆问礼比较固执，始终抱着守朱非王的姿态，而郦琥则在坚信王学的同时，兼容并蓄，不排斥朱子。这从现代儒学研究的主流观点上来看，元厓子确实可称得上高士了。当然，骆问礼能从这样的高度来理解元厓，何尝不可称高士呢？！

蒋文旭·味菜明志

夫为显官而嗜菜，其善有三焉：不溺于口腹之欲，所以养身也；安乎己所易致，而不取众所之争，所以养德也；推菜之味以及乎人，俾富贵贫贱同享其利，而于物无所害，所以养民也。养身以养德，养德以养民，此蒋子所以过人也。

——方孝孺《味菜轩记》

诸暨历史上有一位很有名气的才俊，他少年得志，明洪武年间未满二十即为贡生，后选授河南道监察御史；他师从明初著名学者方孝孺，正学先生对这位弟子赞赏有加；有一位叫孟蕴的才女为他终生守志，演绎了一段诸暨历史上最为凄婉的爱情传奇。

他就是诸暨里蒋村（今属大唐街道）的蒋文旭，字公旦。蒋文旭给自己在白沙山麓的读书之室取了个名——味菜轩，粗粗一看，真有些让人摸不着

头脑，名号显得很土气，似乎跟文雅的书生毫不沾边。

别急，先来听听他老师的解释吧。方孝孺特意为蒋文旭撰写了一篇《味菜轩记》，收录于其文集《逊志斋集》，辩证地阐述了饮食与修身、治国的关系。他认为，美味、美酒是大家都喜欢的，但喜欢过头了，则容易"生祸以病人"，"小则有酲酱之失，大则戕躯丧德，以灾其国家"。历史的教训也是深刻的，春秋时期宋国的四朝元老华元，因没有给自己的车夫羊斟分上一碗羊羹，被车夫故意带入敌阵而投降了；郑灵公因没有把鼋羹分给公子宋，而招来了杀身之祸。山珍海味这些佳肴固然味美，但取之艰辛，人人争而食之；而素菜虽然清淡，不但有营养，还有清热解毒之功效，更为重要的是，素菜很平常，取食方便，"则享之也安，而用之也无愧"，以前的文人雅士就喜欢食用素菜，如杜甫爱吃韭菜、陆龟蒙喜欢杞菊、苏轼偏爱萝卜和大头菜。最后，老师十分赞赏弟子"清约廉谨"的品质，认为以"味菜"名其居，职位高又爱菜味，有三大好处：一是不沉溺于口腹之欲，这样可以养身；二满足于自己容易得到的东西，而不盲从获取众人争抢的目标，这样可以养德；三由品尝菜味类推及人，不管富贵还是贫贱，同享物之益，这样可以养民。养身为了养德，养德为了养民，这正是蒋文旭的过人之处，也是为官之道。

听了他老师的这番高论，你还会认为这轩号很土气吗？方孝孺的《味菜轩记》后来成了名篇，其中的若干名句多次被引用，"橡茹藿歠"这个成语，泛指饮食粗劣，也源于此文。

令人唏嘘的是，蒋文旭毕竟太年轻，抱着"苟有裨于国，岂敢偷生"的信念，向朱元璋直陈时弊十二条，这之中特别是"传位于孙子朱允炆不合规制"这一条，大大地激怒了这位志得意满的明朝开国皇帝，于是下诏赐死，尽管后来朱元璋觉得蒋文旭说得还是有道理的，决定收回成命，却为时已晚，一位敢于直谏的青年才俊就这样陨落了。五年后，朱元璋四子朱棣果然发动了"靖难之役"，夺取了皇权，而辅佐建文帝朱允炆的方孝孺被朱棣凌迟处死。

石清成·眉月相得

有过而嘲之者，眉月洵美矣，轩之中，乏水石之趣焉，居士漫应之曰："我，石涟也。"

——石涟《眉月轩记》

现诸暨人民医院所在位置，数年前是一个叫范家坞的古村落，而居住的村民多为石氏。医院的东北方还留存着一座不高的小山，隐约还可看出山势从东向北蜿蜒，呈曲形，现辟为越都公园，清末、民国时期乡人称之为癫头山，其实古代它还有个更优美的名称，叫作眉月峰，这是一座相对独立的小山，在平坦的土地上突兀而起，似画眉，似弯月。

石涟，原名凤喈，字伯邑，一字清成，雍正三年出生于开元乡范家坞，少聪颖，好读书。乾隆二十一年乡试中式，从此开始踏上了艰难的"北漂"之路，参加乾隆丁丑、庚辰、辛巳会试皆不中。乾隆癸未年会试在即，石涟挂念老家的双亲，便决定不再参加此次会试，南归返里，可身为秀才的父亲锐金公因科举未能如愿，便将希望寄托在儿子身上，于是劝说道："我们虽年近古稀，身体还算康健，你不必多虑，也不要灰心，这次会试再去试试，如不中再备战下一次。"无奈，石涟又北上参加癸未、丙戌两次考试，其中癸未科入围三场，却都未中。乾隆丁亥年再次南归回到故乡，父亲却已去世四十多天了，石涟十分悲痛伤感，居丧期满，亲友们都劝他别再应试了，可石涟却认为，虽对考取进士不抱太大的希望，但现在毕竟还年富力强，能去而不去，则辜负了先父的嘱托和期望，于是继续北上参加了乾隆辛卯、壬辰、乙未、戊戌、庚子五试，结果仍未如愿。这样前后经历二十余年，石涟坚持参加十试，只为了却父亲的心愿，虽未中，却也问心无愧了。一直到乾隆辛丑年，获选中第，授慈溪县儒学，三年后卒于任上。

石涟的一生，多在外奔波，所以更思念家乡的一草一木，低矮的眉月

眉月相得

清乾隆丙子
舉人石漣以
眉月峯為勝
因之名軒人
潮之曰眉月
洵美之水石
之趣矣應
之曰我石
漣也
庚子夏
三米 畫

峰在他的心目中却是如此的高大和秀美，为此他将老家的居室取名为"眉月轩"，并特意撰写了《眉月轩记》，文中他深情地写道："暨山水多佳，泄为胜，泄之尽，青山为胜，青山以眉月峰为尤胜，峰不甚峻，从青山平夷处突兀秀出，如画眉，如新月，而又适与吾轩相得甚。画眉有盛衰，新月有盈虚，皆不可与久处，约眉月而两得之者峰也，峰仁寿可久，而吾轩因得而专之。"当村人路过他的居室，跟他说："眉月峰虽美，但你的宅第中缺少水、石相衬的趣味。"即便科举不顺，饱受挫折，石涟却仍不失幽默地回应道："没有水、石相衬，还有我自己啊，我叫石涟，不就是水与石嘛。"

郦滋德·半情求全

有婚无宦欲难生，自此山房号半情。天末何人凭槛立，碧云日暮奏瑶笙。
——郦滋德《题半情居诗》

在诸暨旧城江东的太平桥头，现暨阳亭附近，曾经有一幢小楼，它有一个很风雅的名字——半情居，是监生郦滋德的故宅。

不过，别误解了，这个"情"与感情、爱情无关，古语有云："人不婚宦，情欲失半。"意思是说如果不追求美满的婚姻和大好的仕途，那么人的欲望就失去了大半，郦滋德自认拥有了婚姻，但只是一名监生，入仕肯定无望，所以只是个"半情"之人而已。

那么郦滋德真的很在意仕途吗？答案是否定的，其实他很淡然，穷其一生在半情居里安静地做学问，专注于诗作，他的五言诗脱胎于"三谢"（即南朝诗人谢灵运、谢惠连、谢朓），而七言古体的雅致可与杨维桢媲美。他不但创作了大量的诗作，后整编为《半情居遗集》，更为可贵的是，他花了毕生心血，收集自宋至清咸同间 294 位诸暨诗人的诗作，多篇诗作附有他的评语，颇有见地。遗憾的是，郦滋德在咸同之乱中不幸遇难，文稿有所散佚，幸好经其诗友郭肇及其子郦琮增编补校，结集十六卷，《诸暨诗存》于光绪十七年（1891）刊刻出版，经学大师俞樾为之作序。

可以这样说，《诸暨诗存》开创了诸暨地方诗集的先河，继他之后，郭肇又编纂了《诸暨诗存续编》四卷，民国期间则又由徐道政辑刊了《诸暨诗英》，现代诸暨诗界又出版了《诸暨诗萃》。

郦滋德"生平留心乡邦文献"，《诸暨诗存》流传至今，成为诸暨地方传统文化的瑰宝，从这个意义上讲，郦滋德堪为"全情"之人。

金毓麟·七业传家

七业居，在六十三都金家站，光绪庚辰进士金毓麟读书处，毓麟祖有七子，法刘殷一子一业之意，以名其塾。

——《光绪诸暨县志·坊宅志》

地处白塔湖边的金家站村，耕读传家之风常盛，近现代从事教育事业的人员众多，我国著名的乡村教育家金海观就来自该村，即便在古代，也多出太学生、邑庠生、贡生等。

清光绪庚辰（1880年）还出了一位进士，名叫金毓麟，他将自己的读书之室取名为七业居。这先得从金家站的姓氏——金姓说起，其实金家站的金姓原为刘姓，所以历代修谱的谱名均为《暨阳紫岩螺氏刘氏宗谱》，据说是为了避吴越王钱镠之名讳，刘姓不得不改姓，从大写的"刘"字中取出"金"字作姓氏。再来说说十六国时期的名士刘殷，"一门之内，七业俱兴"的典故就源于他，刘殷共有七个儿子，五子各教授一经，一子教授《太史公》，一子教授《汉书》，所以"一门七业"常用来比喻家学兴盛之意。

金毓麟的祖父也育有七子，查《暨阳紫岩螺氏刘氏宗谱》和《光绪乙亥科乡试金毓麟硃卷》，则均载录了其祖的六个儿子，即例授儒林郎的金茂萱、太学生金茂椿、太学生候选州同知的金茂芝、例授修职郎的金茂杞、太学生金茂栋，还有金毓麟之父、贡生金廷华（谱名金茂桂），显然这是个典型的书香门第。金毓麟觉得本族既然与刘殷为同宗，也可视其为先祖，其父辈又恰好有七兄弟且都力学业儒，当然更希望家学能不断传承下去，所以欣然将其书斋命名为"七业居"。

距离金家站不远的江藻村西南黄碧坞，是明万历进士钱时读书之处，他受到了汉代枚乘《七发》和曹植《七启》两篇赋作的启发，而将书斋取名为"七声居"。

叙

従来著作必能持乎議論之正
抉乎理法之精維繁乎風俗人
心之大有益後進不悉前徽然
後可以示人可以傳世譬之制
藝如啟悟集以及天崇

一

而罕學也乃繼前喆以啟後人
芟繁難而標簡易訂為琴譜一
編余讀其譜力闢詭奇務求簡
潔則議論正矣宮商稟律甲月
辨音則理法精矣崇雅音以化
俗秉正聲以闢邪則維繁乎風

二

國初諸名文舉業家莫不奉
為圭臬琴譜亦然諸暨陳荻舟
先生少工琴碁自經宦海後以
琴游於朱門縉紳從遊者甚衆
指法愈妙理解愈超慨舊譜之
炫博而矜奇也慮今人之畏難

俗人心矣爰為之贊一辭曰可
以示人可以傳世
道光歲在屠維大淵獻相月上
澣北平韓悼叙

三

《邻鶴斋琴谱》韩悼序

查出者，罰一資五天，
或於不得已時呈報政府
懲戒，（五）本規約呈
准縣政府備案核准施行
，修正時亦同。

府軍藏里程斤價，
細約，呈請縣政府

府現正在選中。

地方法院批示

孫寶殿狀批：狀悉
候派員執行仍仰補具訟
費計算費呈院以符手續
收據及判決書均存此批
候執行完畢後仍准領回
鄔錫燦狀批：狀悉
候派員執行判決書二本

標槍冠軍

破省紀錄

張範洪

全省運動會之第二日，
男大專民眾組田徑賽
標槍，本縣張範洪，榮
膺冠軍，成績為四七公
尺二六（破省紀錄）。

此批
鈕成章狀批：狀悉
賀山契一紙仰即來領此
批

紀念

紀週
縣黨部於昨日上午
在振市茶園召集
縣員暨各界代表開
紀週，張覆是日適值
順，應台俳鄉行攪
紀週會。

《诸暨国民新闻》1937 年 5 月 8 日简讯

达人竞秀

在以士、农、工、商为主体的传统社会，"学而优则仕"成为一部分人一生奋斗的首选目标，而绝大多数的普通百姓则以事农为主业，偶有务工或从商的，四民制度在一定程度上压抑了个人特长和才智的发挥，四业之外则常被视为不务正业。

即便如此，诸暨历史上仍不乏能人异士，他们把兴趣爱好当作终生努力的职业，借助于自己的特长充分发挥才华，出类拔萃，为世人所传诵，诸如宋时的金石专家王厚之、明时的太医院使戴思恭、明清之交的画坛奇才陈洪绶、民国时期极具传奇色彩的国术家何长海，等等。

现根据方志、家谱、报章等文献所载，辑录清代至民国期间五位在琴棋、医学、体育等方面卓有成绩的诸暨达人，聊作一斑之窥。

陈幼慈·古琴大家

诸暨陈获舟先生少工琴棋，自经宦海后，以琴游于朱门缙绅，从游者甚众，指法愈妙，理解愈超。

——韩悼《邻鹤斋琴谱序》

　　清代中叶有位古琴名家，他居绍兴，寓姑苏、白下、京城、津门等处，游踪不定，南至粤地，北达奉天。他以橐笔（即书史小吏）为生，历任驼峰巡检、如皋主簿，因此他常自谦称"芥子微名"。

　　他与秦腔名旦魏长生、泊鸥吟社领袖岑镜西、书画家方雪坡、沭阳才子徐炽村等名流，或以诗词唱和，或以琴棋会友，或以诗酒助兴。

　　他曾以鹤为邻，故以"邻鹤斋"名其室。他曾入籍顺天宛平，而友人则以"蕺山荻舟"相称。他的著述未曾正式刊行，其稿本却流传至今，方志没有载录他的生平，甚至找不出他的名字，如果不是因他自署"诸暨陈幼慈"，很少有人知道这位古琴家出自西施故里。

他就是陈幼慈，字慕堂，号荻舟，系出枫桥宅埠陈氏。其父陈芝图，原名陈法乾，字昆谷，号月泉，廪膳生，有诗名，与山阴刘鸣玉、会稽陶元藻并称为"浙东三才子"，与越地诗人又有"越中三子""越中七子"之并称。道光五年（1825）陈幼慈从如皋主簿任上解官，次年北上，客居津门期间，就静下心来，梳理琴学所得，并针对大众对习古琴的畏难心态，指出"余窃以为弹琴非难事也。拟不知音律之所以然，故视为畏途，苟能穷究其理，一得其法，则势如破竹"。为此，陈幼慈收集整理了古琴指法及《良宵引》《汉宫秋》《渔歌》等代表性的 16 曲琴谱，并总结了四十余条琴论，阐述琴音变化和琴曲节奏变化的规律，提出了不同于传统琴论的若干观点，如"古时无谱""琴曲无古调可宗""曲分南北""弹琴忌江湖时派""琴本无派"等，可谓一语中的。

道光十年（1830），陈幼慈将琴论、指法、琴曲汇编成《邻鹤斋琴谱》稿本，现藏中国艺术研究院图书馆，成为古琴学习的好"教材"，也是古琴学术研究必备的文献资料，或者说研究古琴必提及此《琴谱》。

如今，诸暨的古琴爱好者发起成立了邻鹤斋琴社，古琴的雅韵一直在暨阳大地上流淌着。

郭宝疆·医界圣手

> 而尤长于医学，每视人疾，按切脉理，穿穴膏肓。其临症也，如见肺腑；其用药也，如斩关隘。甚至望色而知受病之由，察脉而决生死之期，真绝技也。
>
> ——王海观《郭磐庄先生传》

诸暨代有名医出，清时浣东郭庄的郭宝疆，其医术堪称神奇，名闻遐迩。

郭宝疆，字安世，号磐庄，诸暨浣东郭庄人，生于乾隆三十六年（1771），据《浣东郭氏南明宗谱》载，时任信阳州知州、清嘉庆己巳进士王海观为其

醫界聖手

郭寶疆尤長於醫學每視人
疾按切脈理穿穴膏肓
庚午夏 三米畫

撰写了《郭磐庄先生传》，具体记载了郭宝疆精湛的医案。

医案之一：胡梅岑，江苏人，以候补经历寓居杭城，与郭宝疆有交谊。一日，两人邂逅，郭宝疆见胡梅岑的气色有异，诊断为肝肾两伤，于是竭力劝说胡早日返回故里。当时胡梅岑正处在年富力强之际，就觉得郭先生是随口胡言的，便没有在意，过了没多久，果然疾病发作，不久就离世了。

医案之二：党金衡，陕西武功人，曾两度任东阳知县，在任期间，因其幼子病危，就请郭宝疆前去诊治，而当时其夫人李氏也偶有微恙，就顺便请郭宝疆按了按脉。诊治结束后，郭宝疆吩咐党知县："小公子已无妨了，但夫人的脉空了，恐怕过不了这个年。"而当时李氏胃口不错，如平常般康健，知县就责怪他狂妄而荒诞，可又一直相信他的医术，私下里仍很忧虑。过了一段时间，小儿的病痊愈了，但夫人的病却日益加重，于是再去请郭先生，但先生坚决不肯前往："此前我已经说过了，真的没办法医治了。"一年后李氏去世了。

医案之三：内阁中书沈承禧，是西泠世家，有一天忽然右臂一处肿胀，大如桃子，疼痛难忍，好几位医家看了后都不见好转，郭宝疆用针灸刺治，没有用药就治好了。

医案之四：有一天郭宝疆赴陈家出诊完毕，出门听到旁边有人家哀哭不止，经询问原来这家的儿子因染疫病而亡，即将入殓，郭宝疆按了脉，再仔细察看，而后笑着说："你们先缓缓，可以治活的。"就让家人尽快煎好升麻汤，用筷子撬开死者牙齿灌入汤药，经过一夜后果然起死回生，再服用数剂，没几天就全好了。

类似的医案还有很多，这样一来，郭宝疆的医术就远近闻名了，上门看病求药的人接踵而至，王海观也不禁赞叹道："先生以孝友忠信之德处家庭，推之即化民成俗之原；以起死回生之功及乡里，扩之即济世安民之本。故凡有益于一乡一邑，有济于一事一物，莫非立德立功之所寓也。而况先生之奇方异术，其足以垂医鉴而活苍生者，正靡穷焉。"

陈鲁望·智趣才子

> 鲁望陈姓，名衔，登仕桥里人，咸同间诸生，才敏有口辩，喜谈论，滑稽突梯，如脂如韦，闻者绝倒。一语惊人，乡邑腾传。
>
> ——《诸暨民报五周纪念册》

清后期至民国期间，诸暨民间一直流传着一个"徐文长"式人物的故事，此人姓陈名衔，字鲁望，人称"鲁望才子"。他所作的诗，看似随意不假思索，却妙趣天成，如曾作自嘲诗："鼠因粮尽垂头去，犬为家贫放胆眠。"其风趣诙谐之性情由此可见一斑。

关于陈鲁望的民间故事很多，其中一则讲的是陈鲁望如何机智助人的事。根据科举惯例，童生凡取得府试或县试案首的，即府县试的第一名，即可直接获得府县学的入学资格。按理应试文章最优者必为案首，但常常有人贿赂知府、县令，以此获得案首，全然不凭文章之优劣。当时，县东的杜赓棠文名极佳，前去参加县试，大家都认为他必为案首，可杜赓棠却很担忧，并常常叹息，总觉得有钱能使鬼推磨，文章最好又有什么用呢！陈鲁望见他情绪低落，就宽慰道："我能保证你获得案首。"其时县令因为与枫桥朱氏子交情颇深，五泄周氏子家境富裕，而杜赓棠的文章又极佳，究竟定谁为案首，踌躇难决，陈鲁望得悉此情，随即吟诗一首："欲报朱家一饭恩，无如周子又多金。文章从此无凭据，风雨潇潇泣杜林。"并让人带入试场，粘贴于县令悬挂在试场中的衣袖上，考试开始，县令进入试场时，看到了陈鲁望写的这首诗，大为惭愧。考试结果揭晓，杜赓棠如愿获得了案首。

正如绍兴民间根据徐文长的机智聪明、幽默诙谐、蔑视权贵等品性，创作了许多有关他的故事，诸暨民间也创作了不少鲁望才子的故事。《诸暨国民新闻》报 1934 年 8 月 31 日"民间文艺"副刊刊登了《陈鲁望故事》两则，其一为《诈县官的银钱》，说有一年过年时，陈鲁望因家贫无钱，晚上穿上破衣衫，在县城的街道里故作鬼鬼祟祟、东张西望状。县令正好经过，便认定是小偷无疑，命差役捉拿关押。在牢里，陈鲁望脱去破衣烂衫，里面穿的是整整齐齐的生员服饰，这下县令慌了，只得赔了五十块钱，放他走了。其二为《请朋友吃戏文夜饭》，讲的是陈鲁望家附近演戏，朋友们要他请吃戏文夜饭，他很爽快地答应了。一到饭点，大家准时赶到陈鲁望家中，却迟迟不见上菜，料想应该比较丰盛，所以烹煮很费时。终于等到上菜了，却见陈鲁望拿来一叠空碗，摆满了桌子，然后招呼朋友们吃。正当大家都很纳闷的时候，陈鲁望解释说，既然今天请的是戏文夜饭，当然是空的，戏台上演的吃吃喝喝不就是假装的吗！

虽然这些民间杜撰的故事俗化了鲁望才子的形象，但足以说明才智过人的他已深深植根于老百姓的心中。

唐　庆·手谈高人

唐庆，世居全堂。善围棋。道光季年，大宗伯奕湘以帝胄莅浙，为驻防将军，闻其名，厚币聘至杭，与之棋，辄负。

——《光绪诸暨县志》

爱新觉罗·奕湘，字楚江，满洲正蓝旗人，系清朝宗室。道光二十七年八月由盛京将军调任杭州将军。身为武将，奕湘却爱好书画，尤擅画牡丹，在浙江任职期间，钱塘进士戴熙曾作《题都统奕公湘墨画牡丹》诗，其中有诗句："不铅能白不脂红，妙笔真堪夺化工。"可见奕湘的画技不俗，并非附庸风雅。

或许奕湘更希望在别人看来，自己是一个真正的文人，因此除了擅长书画，还想在琴棋上下功夫，于是他打听到诸暨枫桥全堂有一个叫唐庆的围棋

手谈高人

唐庆善围棋，时有
国手之祸奕湘闻其名
厚币聘至杭与之棋辄负

三未画

高手，就重金聘请到杭州，陪他下围棋，以提高棋技。果然，每一次对弈后，奕湘总是输给唐庆。

也许有才华的人往往都有傲气，或者极具个性，唐庆也是如此。当奕湘向唐庆请教围棋的技巧时，唐庆却闭目不答，奕湘再三要求，唐庆却蹲在坐榻上高声回应："棋不是将军应该学习的。"最后不得已，唐庆与奕湘谈起阵法来，身为将军的奕湘当然没当回事，一笑了之，于是唐庆就辞职离开了。

后来唐庆到了金陵，以高超的棋艺与达官贵人相交游，其时有围棋"国手"之称。性格决定命运，尽管唐庆不甘人后，但因他放浪孤傲的个性，最终还是郁郁不得志。归乡后，唐庆家徒四壁，穿得也很破旧，一个人独行在集市间，人们几乎都不认识这位曾经辉煌过的围棋高手，当然，他也不求别人认识。

围棋史家徐润周在其所著的《围棋纪事诗》中，对唐庆作了这样的总结："翻将阵法教将军，傲骨通玄技不群；负气自难周世故，空教旷荡气凌云。"

张范洪·投掷健将

全省运动会之第二日，男大专民众组田径赛标枪，本县张范洪荣膺冠军，成绩为四七公尺二六，破省纪录。

——《诸暨国民新闻》1937年5月8日简讯

民国时期，普通民众几乎还不知道标枪、铁饼、铅球为何物的时候，诸暨却出了一位田赛投掷项目的运动健将。

他叫张范洪，早在1933年举办的浙江省第三届运动会上，他就获得了初级组标枪冠军，成绩为34.14米，崭露头角。

四年后，也就是1937年，尽管此时国内形势十分危急，但浙江省第五届运动会如期于5月5日至9日在杭州省体育场举行。此时的张范洪已成长为青年，他再次参加了大专民众组的田赛项目，第一天铁饼项目比赛中，获得了第四名；第二天标枪项目比赛，张范洪充分发挥了自己的特长和优势，投出了47.26米的好成绩，一举打破了省纪录，获得了大专民众组冠军；第三天铅球比赛中，张范洪再次进入前六名。这样，在本届省运会上，张范洪凭借三个投掷项目，一人夺得11分，为诸暨赢得大专民众组田赛全省团体第六名。

负责大会摄影工作的大陆照相馆摄影师，抓拍下了张范洪即将投出标枪瞬间的照片，照片刊登在1937年5月7日《东南日报》的运动会专栏版面，后又转载到 1937 年第 3 卷第 7 期《浙江青年》杂志上。这个定格了的画面，让我们得以目睹八十多年前诸暨这位运动健将的英姿，只见张范洪身着白色运动背心和深色运动短裤，胸前的两个大字"诸暨"十分醒目，下肢呈弓步状，上身略往后倾，右手紧握标枪蓄势待发……

诸暨一直以来是体育强市（县），民国期间体育运动就十分普及，经常性开展全县运动会、篮球比赛等体育活动。如 1933 年 9 月 18 日，民众篮球场建成，为纪念"九一八"，特组织举办了"国难杯"篮球赛，有霁虹、七星、赫明、小虹等球队参赛，最后霁虹队获得了冠军；1935 年 11 月，诸暨下北联村民众运动大会在直埠举行，共有学生、农民等五百余人参加了本次比赛。

慨予弱冠遊暨時秋試期迫買舟長瀰埠道經楓川遶長寧友

人示余曰此洄溪駱氏朱周元丞遺裔也予驚嘆曰噫何居乎

其以駱為姓也元丞為諸儒領袖太極通書炳燿于古予景慕

元丞郎景慕元丞後裔何若乎其以駱為姓也歲辛酉予官游

都中丙姪施養必持其拟季升甫書來而題其名曰長寧駱

氏譜序予曰此得非予向者道經楓川遶長寧友人周元

丞遺裔而易姓為駱者乎及讀一過果然因得其易姓之由而

欲予僭言於首簡乎矣曰歐蘇緣出義歐墨迹觀止矣矣以予

為譾然予升子奇世傑丞是已尋詔甘葆非奇世傑之祖每每

為人鄙奇耳否則從祖必大丞兢祖必恸丞亦死世傑甫六歲

韓优肖何如人詔難甘也一篇子乎孺人迪摀孤孫倚父姓而

居於長寧此其卓識遠見變化窮通之妙丈夫之所難而孺人

《长宁洄溪骆氏宗谱》叶大受序

延行會賢養老禮綠處士之高致毎耀而與之飲學官諸生與為禮之

官僚士賦莫不心識其誠或曰達尊重齒德若處士斯為無愧矣余聞

處士之為人又何慕乎祿仕而立身揚節振耀於後日哉子男七人處

士植七松於庭因號七松處士或謂處士之風槩不少夫唐鄭于濆其

意以松之材棟梁他日桂廊廟凌雲霄歷歲寒愈堅節操俾為子者期

待今誠無忝矣長曰閏早卒次曰宏游庠應丞榮癸卯貢隍胄監為六

館高材生授南安府同知官有能聲亦先處士卒曰文曰武曰俊曰傑

曰慶女一八適同里章巒孫男二十七八孫女一八曾孫三十七八曾

孫女十一人元孫三人處士配邑里傅氏有婦道姻內範今亦垂白高

壽週處士之歲月則元至正乙酉十月十一日享年九十有一卒於今

宣德乙卯二月十五日卜葬本鄉平頂之原既襄事請銘於余姑本其

狀述其世次行實系之以銘

《暨阳凤山郑氏宗谱》贺恒《七松处士郑公碣铭》

堂号溯源

传统社会，多以同姓族群聚居而形成村落，修辑宗谱、建造宗祠无疑是凝聚族人、承前启后的重大事项，而建祠和修谱都需要确定一个代表宗族的名号，这就是姓氏堂号，堂号是宗族门户的代称，是宗族文化重要的组成部分。

综观诸暨各姓氏堂号，大部分是以遵循传统伦理规范、祈求吉祥平安、垂戒训勉后人等角度来命名的，如敦睦堂、叙伦堂、余庆堂、追远堂、永思堂、孝义堂、怀德堂等等，这些堂号的重复性比较高，难免出现不同姓氏使用同一堂号的现象。

还有一类堂号，则以姓氏先祖的功绩、著述、情操、字号、功名等来命名，可以从中追溯氏族的历史，具有独特性和标识性，如暨阳南门周氏的"爱莲堂"，源于理学大师周敦颐的名篇《爱莲说》；暨阳东山王氏的"三槐堂"，则取自宋代王祐"手植三槐"的典故；暨阳砚石包氏的"河清堂"，出自《宋史·包拯传》："人以包拯笑比黄河清"；暨阳开化吴氏的"三让堂"，则源自吴氏先祖吴泰伯三让王位的故事；浦阳倪氏（现属马剑镇）的"锄经堂"，因西汉倪宽"带经而锄"之典故而名；暨阳次峰俞氏的"古邘堂"，因源出周武王次子邘叔，其后代因避祸，改"于"为"俞"，等等。

现选辑诸暨五个颇具特色的姓氏堂号，追根溯源，以领略传统宗族文化之风采。

长宁骆氏·绍濂同宗

忆予弱冠游暨，时秋试期迫，买舟长澜埠，道经枫川，逾长宁，友人示余曰："此洄溪骆氏，宋周元公遗裔也。"予惊叹曰："噫！何居乎其以骆为姓也？"……

——叶大受《长宁洄溪骆氏宗谱序》

这是明天启元年南京兵总武选司郎中叶大受撰写的《长宁骆氏宗谱序》文中的开篇部分，相信很多人都有同样的疑惑：周氏之后怎么会姓骆呢？

长宁洄溪即现枫桥镇洄村，村民以周、骆两姓为主，其中周姓占大部分，翻看 1917 年修纂的家谱，发现有两个版本，一个版本从卷面、卷首到版心统一署名为"洄溪周氏宗谱"，另一个版本的卷面、版心则署名为"洄溪骆氏宗谱"，而其中的内容完全一样。根据谱内记载，此年共印制家谱 21 套，其中周氏藏 14 套，骆氏藏 7 套。

其实洄溪骆氏就源于周氏，这得从八百多年前的"庆元党禁"说起。南宋庆元元年（1195），韩侂胄发起了一场历时六年禁伪学逆党的政治运动，把道学视作"伪学"，将朱熹、赵汝愚、周必大等五十九人列为"伪学逆党籍"，进行打击迫害。据家谱载，宋儒学大师周敦颐的曾孙周永泰，字景安，号松坡，入赘诸暨东郭王氏；再传四世至周德荣，字世杰，其祖母、母亲均为骆氏，其时正值"庆元党禁"之际，作为周氏后裔，为避权臣之难，不得已改姓骆氏，隐居于长宁洄溪，为长宁洄溪周氏之始迁祖；事平后，大部分族人陆续改回原姓，但仍有一部分继续保持骆姓。这样一来，长宁洄溪周氏之后，同宗出现周、骆两姓并存，甚至还有一家父骆子周的情况，当然，为了不忘本源，在建造宗祠时特意取了"绍濂堂"这个堂号，意在不论姓周还是姓骆，都承袭于濂溪周公。

诸暨氏族中出于各种不同的历史原因，改姓的情况时有发生，如刘金氏、倪杨氏、申屠氏等，一般都整齐划一地变更，由于改姓而出现两姓同存的情况，长宁洄溪是少见的案例之一，因此也丰富了诸暨传统宗族文化的多样性。

琴山许氏·月旦春秋

　　初，劭与靖俱有高名，好共核论乡党人物，每月辄更其品题，故汝南俗有"月旦评"焉。

——《后汉书·许劭传》

许靖、许劭兄弟都是东汉末年的名士，身处乱世之中，许氏兄弟觉得自己的才识和谋略不能浪费，应该做点儿对社会有益的事，以抑恶扬善、澄世清俗，于是商议在清河岛上开办一个讲坛，每月初一确立评议命题，品评其时人物，或其论述，且评后均得到了验证，众人皆信服。而获得好评之人，便名声大振。一时四方士人慕名而至，争相以得二许一字之评为荣。而许氏兄弟也以这个讲坛为平台，举荐了不少人才，在当时尚未施行科举制度的情况下，对取士发挥了很大的作用。

这就是历史上著名的"月旦评"。就连后来在东汉末年称雄的曹操，在还未成名时，为了得到许氏兄弟的评价，竟不惜采取利诱、威胁等手段。据《后汉书·许劭传》载："曹操微时，常卑辞厚礼，求为己目。劭鄙其人而不肯对，操乃伺隙胁劭，劭不得已，曰：'君清平之奸贼，乱世之英雄。'操大悦而去。"历史证明，二许对曹操的评价十分精准，极具前瞻性。由此可见，"月旦评"在当时的影响力是非常大的。

据《暨阳琴山许氏宗谱》载，其先祖为晋时司徒许攸，宋时后人许泉，字源远，迁居化莲之上琴山里（今暨南街道街亭琴山村），繁衍而为琴山许氏，后又派分出球山许氏（今安华镇）等。尽管没有史料可以证明许靖、许劭兄弟与琴山许氏有直接的关联，但二许毕竟是历史上许氏的著名人物，所以琴山许氏、球山许氏均取了"且评堂"为氏族堂号，以彰显许氏先人的功绩，激励后辈不断进取。

暨阳丁氏·刻木传孝

汉，丁兰幼丧父母，未得奉养，而思念劬劳之恩，刻木为像，事之如生。其妻久而不敬，以针戏刺其指，则出血，木像见兰，又眼中垂泪，兰问得其情，将妻出弃之。有诗为颂，诗曰：刻木为父母，形容如在时；寄言诸子侄，各要孝亲帏。

——郭居敬《全相二十四孝诗选》

　　"刻木事亲"是中华传统"二十四孝"的故事之一，可谓家喻户晓，说的是汉代有个叫丁兰的人，因为自幼父母双亡，长大成人后，子欲养而亲不在，于是丁兰用木头雕刻了双亲的样貌，供奉在香案上，每天毕恭毕敬地侍候着，好像父母还在世一样。只是时间一长，他的妻子变得不耐烦了，对木像做了一些大不敬的事，丁兰知道后，就将他的妻子休了。

　　据《暨阳丁氏宗谱》载，宋皇祐年间，有进士丁操，字叔能，迁居诸暨大部乡（今枫桥镇），丁氏一族崇尚先祖的孝德，以"刻木堂"作为其堂号，并在《丁氏家政》《丁氏家范》中多次强调以孝为先，如"父子以慈孝为本""卑

一舐聋复明再续孝德　三亲画

暨陽丁氏先祖有漢時丁蘭
刻木事亲孝行元代枫橋丁祥

刻木傳孝

幼不得抵抗尊长，其有出言不逊、行事悖戾者，姑诲之，诲之而不悛，则重责之"等等。

在这样的家族氛围下，丁氏在元代又出了一位闻名的诸暨孝子，受到了朝廷的旌表，名载方志之中，他就是丁操的曾孙丁祥一。《诸暨县志》《暨阳丁氏宗谱》都载录了他的孝行：丁祥一的母亲双目失明，他每天朝夕舐母之目，这样坚持了数年，其母的左眼竟然奇迹般复明了，不久右眼也复明了，这样"舐瞽复明"的故事就传开了，杨维桢还特意作赋《丁孝子行》："孝子兰，刻木肖母颜；木有神，痛相关。况我孝子有母，上堂问安否。母胡为，目双瞽？母瞽扪壁行。行听孝子声。孝子泣母舐母目，何时仰天见日星？朝舐瞽，暮舐瞽，一日二日百里程。母瞽豁然而月明。邻里来贺母，如长夜再生。孝子名，达上京。"

"刻木"之后"舐瞽"承，丁氏孝行可谓彰矣！

凤山郑氏·七松葱郁

子男七人，处士植七松于庭，因号七松居士。或谓处士之风概不少夫唐郑子溥，其意以松之材栋梁，他日柱廊庙凌云霄，历岁寒愈坚节操，俾为子者期待，今诚无忝矣。

——贺恒《七松处士郑公碣铭》

据《凤山郑氏宗谱》载，宋时郑几官奉国军节度使，靖康年间扈驾南渡，居诸暨凤山里（今属浣东街道），为凤山郑氏始迁祖。历九世有郑征，字元亮，因育有七个儿子，于是就在庭园中种了七株松树，期待子孙成栋梁之材，故自号七松居士，其风度可与另一位郑姓先祖相媲美，即俗称"七松五柳"中的七松处士郑薰，据《旧唐书·郑薰传》载："（郑薰，字子溥）既老，号

七松蔥鬱

暨陽鳳山鄭氏
七松居士生七子
植七松於庭
其後人才輩
出堪為棟梁
諸如鄭天鵬鄭
鶴聲等

庚子夏日三米畫

所居为隐岩，莳松于庭，号七松处士云。"

后来凤山郑氏族属规模不断扩大，于是修纂宗谱，建造祠堂，取堂号为"七松堂"。正如七松居士期盼的那样，凤山郑氏后人果然不负先祖遗愿，后世代有人出，光耀门庭：

郑宏，郑征之子，字仲徽，明永乐初以明经任安庆府判官，后改饶州南府同知。

郑钦，郑宏之孙，字敬之，号思轩，明成化庚子举人，官湖广澧州知州，告归后筑凤山草堂，专注于学，著述颇丰，所著有《平居稿》《观光稿》《宦游稿》《归田稿》等，王阳明之父、明成化辛丑科状元王华为其撰墓志铭。

郑天骏，郑钦从侄，字德良，师事山阴陶天佑，明嘉靖元年选授颍州州判。

郑天鹏，郑钦之子，字子冲，号南溟，明正德癸酉举人，官江西弋阳县知县，善书法，著有《南溟集》《蓬莱亭集》《闽游唱和集》《北行野操》等。

郑澧阳，郑天鹏之侄，字子罕，明嘉靖十七年贡生、十九年举人，官新化县知县。

至近现代，又有著名历史学家、文献学家郑鹤声（1901—1989），字萼蒸，毕生致力于清史、中华民国史、中国近代史、中国史学史、中国文献学等领域的研究，尤以中国近代史、中西交通史和中国史学史成就最大，撰有《正史研究》《正文汇目》《司马迁年谱》《班固年谱》《郑和》《中华民国史》等学术专著。更为值得一提的是其长兄郑鹤春、其子郑一钧、其侄（郑鹤春之子）郑一奇，郑氏一门，兄弟、父子均在史学研究方面卓有成绩。

这正是：七松葱郁成栋梁，郑氏代有闻人出。

枫林黄氏·望烟济困

绍兴四年甲寅六月二十五日，诣行在还，过暨孝义里，黄氏渥、彦、汝砺、汝楫、嘉礼者，世谊年好也，留信宿……观诸昆仲，逡巡起拱而进，曰："此大父藏书楼，大父以卫尉少卿老于乡。岁歉存问赈瞻，嗣以为常，虑难周也。每登楼，昕夕望焉。未举火者，遗之粟，寒无衣者遗之衣。里人曰望烟，请题之，以纪先志。"

——杨时《望烟楼记》

"望烟济困"是暨阳黄氏的一个传奇，说的是黄振（1000—1077），字仲骧，他喜欢结交名士，收藏书籍，曾在村边的小山腰筑一书楼，在此聚书会朋，其实这书楼还另有他用。

每当村民们举炊做饭之时，黄振便登上书楼，举目四望，整个山村尽收眼底，只见村舍上空炊烟袅袅，仔细一瞧，却见一户人家的烟囱并未冒烟，于是急忙派人去了解情况，不一会儿派去的人回来向他汇报说："他们家已经没米可下锅了。"原来如此，黄振马上让人装上一袋米赶紧送过去，没多久，这户人家的烟囱便慢慢吐出烟来，见此情景，黄振的脸上露出了会心的微笑。对黄振来说，这样的经历不是一次两次，可谓司空见惯了，登楼望烟，赠米送衣，几乎成了他每日必做的事。乡民们感恩戴德，特意给黄振的书楼取了个好听的名字——望烟楼。"望烟济困"不仅体现了帮困济贫的美德，更是精准扶贫的朴素典范。

宋高宗绍兴四年（1134）六月二十五日，年迈的龟山先生，即宋时名臣、文学家、龙图阁直学士杨时经过诸暨，因他与黄振后人交谊深厚，便特意留宿在黄振的藏书楼，闻听黄振的儿孙们讲述先祖的故事，黄振的义举让杨时十分感动，于是感慨道："夫世之为楼观者，广囿崇台，不曰'望春''望月'，则曰'望云''望岳'。山川景物而外，乌睹所为痌瘝在念者哉！今君家累世承之，风外襄之，非仁义充积于中，曷克臻此？"欣然提笔写下了《望烟楼记》，流传至今。

历经千余年，现在的人们还在津津乐道地传颂着黄振"望烟济困"的故事。或许应验了"积善之家必有余庆"的传统理念，黄振的玄孙中五人中进士，演绎了暨阳黄氏"五桂联芳"的另一个传奇。

暨阳部分黄氏分派为了传承先祖遗德，便将宗祠堂号命名为"望烟堂"，如花亭枫林黄氏（浬浦枫林）、花山白墙头黄氏（现属陶朱街道）、石亭黄氏（暨南街道桥头黄）、安俗长桥黄氏（浣东黄婆桥）、下吴宅黄氏（现属东白湖镇）等。

張鵬翼字搏九一字耀先父景雲生三子鵬翼其伯也次鵬飛字

耀羽次季熊（海東逸史作繼榮）字□石省生有異稟膂力過人景雲器之

日是將六吾門者又轉虎曰我鹽產周促城市所接皆屠沽較量

錙銖見曹志趣未定如習俗何於是挈三子之幽燕幽燕古豪傑

發明懷宗時九邊戒嚴特設十三總兵官挂將軍印得題奏黜陟

景雲獻策於毛文龍授職都司三子戎裝前驅戰輒有功文龍上

書言鵬翼可大用由行伍累擢至總兵陛見獎勞有加挂淮海將

軍印鎮守鴨遊射陽等處以功除中府左都督鵬飛季熊俱授秩

都指揮僉事既而文龍死懷宗殉國江南立福王（史志乙酉四月□海東逸史提）

王師南下鵬翼與右都督徐洪琇合兵入援未至南都破

兵六千航海歸越江上兵起進駐江干潮至帳淹無一人敢離伍

守魯王率□□□□寫□□豐白頭守勸州□□杭州澤俱□國焉

《光绪诸暨县志》卷三十《人物志·张鹏翼传》

公諱本萇字川若別號蓼坡英從伯父也為仲叔祖泰五公之
第四子幼有至性穎敏及長慷慨負氣節好讀書與英父同
貢笈於武陵敷文紫陽諸書院徜徉蠶嶺西湖間所交遊多知
名士學成乃歸補郡庠生員食廩餼貢入成均候選儒學廣文
未及銓次而卒英生也晚且僑居外村不克詳述伯父少年之
行能懿蹟然伯父視英猶子英之受教於伯父也其得力異於
九師感激靡涯愧難稱報謹舉所間所見者為伯父約署誌之
伯父遊庠時叔祖姚王太孺人已逝伯父痛母氏不及見巳之
應舉成名因改名本萇更號蓼坡蓋取蓼莪詩人自悲不獲終
養父母之義其生平孝思之切巳可槩見英父與伯父為從兄
弟然契好勝於密友乾隆丙寅正月英父遊世伯父聞計慟哭
至於廢飱輟飲其氣誼之篤摯類如此丙子歲英伯岳父盧凌

《暨阳乌岩蔡氏宗谱》蔡英《光八公传》

人如其名

　　按我国传统习俗，直呼其名视为对他人不敬，所以当男子及冠、女子及笄时就再取一个与名相表里的字，故字也称表字，名与字有着密切的联系，两者多为补充或解释，偶有意思相反之例，清代训诂学家王引之在《春秋名字解诂》中总结了名与字的五种情况，即并列式、矛盾式、扩充式、延伸式、辅助式。而号则相对随意些，与名、字联系不大，可以以书斋居室、山水景致、心境意趣、人生感悟等取号。此外，求取功名、获得官职之士还常给自己再取一个学名或官名。

　　名、字、号、学名、官名等其实只是一个人的身份标识而已，按理与本人的命运际遇、人生俯仰并没有直接的关系。但也有例外，譬如父祖辈对儿孙在某方面寄予了厚望，便用相关的字或词取为名字，在长辈有意识的培育与本人有目标的努力下，果然在这方面卓有成就；或者处在人生的某一特定阶段时，更改了名和字，使之更符合遭遇了变故、经历了转折后的心境与态度；或者一个人的名和字所蕴含的意义，恰好与他的人生经历与毕生追求不谋而合。

　　于是就有了名实相副或实至名归之说，现选录历史上诸暨或与诸暨相关的五位人物，述说他们的生平事迹，见证人如其名的奇迹。

张鹏翼·鲲鹏展翅

> 文龙上书，言鹏翼可大用。由行伍累擢至总兵，陛见，奖劳有加，挂淮
> 海将军印，镇守鹦游、射阳等处，以功除中府左都督。

——《光绪诸暨县志》

明代末期，家住诸暨老城鱼市南侧功德司的张家生了三个儿子，都长得很壮实，天生异禀，力大过人，父亲张景云十分欣慰，对儿子们寄予了厚望，觉得他们将来一定能光耀门庭，于是给长子取名鹏翼、字搏九、一字耀先，次子鹏飞、字耀羽，幼子季熊、字君石，希望他们能像大鹏一样展翅高飞，搏击长空。

看着孩子们一天天长大，张景云很忧虑，毕竟诸暨只是一个县，且本地民众生活安定，儿子们的才能难有施展的空间和发挥的舞台，于是张景云带着儿子们来到了幽燕之地，即河北北部及东北部。幽燕自古就是豪杰聚集之地，其时崇祯皇帝即位，为坚守北部边境，特设置了九个重镇，配备十三位总兵官，挂将军印，具有上奏升降官职的权限，张景云向总兵毛文龙献计策有功，就安排在都指挥使司中任职。后来张家的三个儿子均入伍参战，并建立了军功，长子张鹏翼尤为忠勇。在毛文龙的举荐下，张鹏翼从普通的士兵一直升至总兵，并受到皇帝的接见和嘉奖，挂淮海将军印，镇守鹦游、射阳等地，后因再建功勋而升为五军都督府之一的中府左都督。

正当张鹏翼因屡建军功而达到人生巅峰之时，明朝却逐步走向了灭亡，崇祯皇帝自杀殉国，清兵大举南下，南京、杭州相继失守，监国鲁王退守衢州，张鹏翼兄弟呈掎角之势合力坚守，尽管取得了一些暂时性的胜利，但终因寡不敌众，先是张季熊被围，拔刀自刎；接着张鹏翼在巷战中被擒，宁死不屈，被割去舌头后仍怒骂不止，最终被肢解而死；最后张鹏飞被杀。衢州百姓感念为保卫家乡英勇献身的张氏兄弟，特地建造了三忠祠进行祭祀；后

来张鹏翼又入祀于衢州郡城七贤祠；乾隆四十一年，清廷赐张鹏翼谥号为"烈愍"，入祀昭忠祠，其弟鹏飞、季熊从祀。

虽然张鹏翼匆匆地走完了四十三年短暂的人生之路，其卓著的功勋与忠烈的壮举，无愧于自己的名和字。

蔡方灏·蓼莪思切

（蔡本莪）痛母氏不及见己之应举成名，因改名本莪，更号蓼坡，盖取《蓼莪》诗"人自悲不获终养父母"之义，其生平孝思之切，已可概见。

——蔡英《光八公传》

康熙辛巳（1701）八月初五日巳时，乌岩蔡希圣鲁山先生家的第四个儿子出生了，延续前三子方涵、方洪、方淳的取名规律，小四子取名为方灏，及冠时又得字川若。

蔡家是个书香门第，父亲鲁山先生为郡庠生，祖父为邑庠生，到了蔡方灏这一代，长兄蔡方涵止步于邑庠生，二兄蔡方洪、三兄蔡方淳则无建树，父祖辈们希望家族在科举上有新突破的愿望，就落在了蔡方灏身上。

据其堂侄蔡英《光八公传》述，蔡方灏"幼有至性，甚颖敏，及长慷慨负气节，好读书"，游学于杭州敷文、紫阳书院。在此期间，母亲王氏不幸去世，一想到自己的母亲，含辛茹苦养育兄妹七个，尤其对自己疼爱有加，寄予了厚望，可自己却一直奔波在外忙于学业，来不及好好地孝敬她老人家，母亲却已离开了人世，"子欲养而亲不在"的痛楚便一阵阵涌上心头，蔡方灏不由自主地吟诵起《诗经》中的《蓼莪》篇："蓼蓼者莪，匪莪伊蒿；哀哀父母，生我劬劳……"从此以后，将自己的名改为本莪，字改为念劬，取号蓼坡。

为了表达对母亲的思念之情和感念之恩，蔡本莪特意请东阳县学教谕胡嵩撰写了《祭蔡门贤母王孺人文》，还恳求自己的老师钱塘杨柏亭撰写了《蔡门贤母王孺人传》。乾隆丁亥年，乌岩蔡氏续修宗谱，蔡本莪又请丽水儒学训导婺东陈修儒撰写了《蔡泰五府君洎王氏太孺人合葬墓志铭》，载录于谱。而蔡本莪自己除了为续谱撰写祭文、谱跋外，还推己及人，不吝笔墨，撰写了传记、墓志铭、行略共八篇，以解族人感怀先祖孝思之苦。

后来，蔡本莪学成而归，取为郡廪生，乾隆壬辰科拔为恩贡，候选儒学，可以说了却了父祖辈的心愿。他以"本莪"之名流传后世，而其原名"方灏"却少有人知了。

蒋　乾·寻父感天

（蒋乾）年十五，复辞母长行抵都，适父亦北上，遇于邮亭，各道姓名里居，遂奉以归。

——《光绪诸暨县志》

蒋乾，店口七里人，本来只是一个普通的农家子，却因寻父的孝举而被载入方志，事情得从他很小的时候说起。

蒋乾出生后不久，父亲就外出远行，从此便杳无音讯。到了蒋乾六岁时，渐渐开始懂事了，看着小伙伴们都有父亲陪着，到白塔湖里抓鱼虾、学游泳，可自己的父亲却不见踪影，于是很委屈地问母亲："姆妈，我爸呢？"母亲只得流着眼泪告诉他："你爸爸在你很小的时候离家外出，也不知什么原因，就再也没回来了。"

过了两年，蒋乾八岁了，觉得自己已经长大，是家里的男子汉，应该承担起责任了，就向母亲提出要求，准备出去寻找父亲，看着年幼的儿子一本

寻父感天
蒋乾字天行年十五寻父抵都
於邮亭偶遇相讯
三木

正经的样子，母亲既心痛又欣慰，把小蒋乾拥在怀中，劝慰说："你现在还小，等再过几年，你长大了，妈就让你去找你爸，好吗？"蒋乾很懂事地点点头，却默默地流下了眼泪。

在对父亲深深的思念中，小蒋乾从童年走向了少年，到十二岁时，母亲终于同意蒋乾外出寻父，可他又毫无线索，根本不知道父亲在哪儿，只得一路询问，到了第二年，所带的盘缠也用完了，不得已蒋乾只能返回家中。

到十五岁时，蒋乾决定告别母亲，到更远的京都去找父亲。经过艰辛的长途跋涉，终于到达京都，蒋乾就找了一家便宜的客栈作为落脚的地方，推开房门一看，房间里已经入住了一位大叔，蒋乾很有礼貌地用诸暨方言脱口而出打招呼："阿叔，俉（你）好！"不料对方听了却一惊，忙起身问道："俉个小伙子，阿实（也是）诸暨宁（人）？"异地遇同乡，尽管两人年纪相差较大，还是亲热地聊了起来，这一聊竟聊出了奇迹，原来这位大叔正是蒋乾苦苦寻找多年的父亲。面对着快长大成人的儿子，做父亲的是既羞愧又欣喜，父子俩相认后就赶紧退了房，兴冲冲地踏上了回家的路。

到了弱冠之年，蒋乾多了一个字，叫天行，乾是八卦之一，代表天，而天行即天命。少年蒋乾历尽艰辛，终与父偶遇而相认，也许这是天意。从另一个角度看，或许他的寻父孝举感动了上苍，于是故事有了圆满的结局。

陈绍龙·安邦为民

及出镇，训练精熟，号令严明，虽疲卒皆成劲旅。暇则工笔札兼吟咏，与文人交，有儒将风，且留心民瘼，善缉捕，所部之盗咸徙他所，百姓爱戴焉。卒于官，至今江南北讴思弗置云。

——《道光会稽县志稿》

枫桥宅埠陈氏自南宋迁居发祥始，一直以来代有人出，尤其是艺文、科举之属，更是闻人频出，如画家陈洪绶、诗人陈月泉、琴家陈幼慈等等，而进士、举人更是不胜枚举。清时，宅埠陈氏迁居驻日岭支派又出了一位有名的武将，他就是陈绍龙。

清光绪十四年纂修的《宅埠陈氏宗谱》，载录了诸暨清嘉庆己巳进士王海观撰的《赐进士出身前御前侍卫现任安徽寿春镇总宪安邦陈君事实》一文，较为真实并具体地介绍了陈绍龙的生平，现择要摘录如下：

陈绍龙，字安邦，号古愚，入会稽籍。乾隆六十年投绍兴右营；嘉庆元年春拔补战兵，夏考取会稽县武童第一，以兵籍取录武生，秋在营投补马

安邦為民

陳紹龍字安
邦　駐日嶺，人清
武進士官至總兵
百姓愛戴

庚子夏三采

兵；嘉庆四年拔补经制外委，冬调任诸暨安华汛；嘉庆五年委署诸暨城守驻防，得中辛酉科武解元；嘉庆十年乙丑科武会试，殿试十八名，钦点御前侍卫，鸾仪卫当差；嘉庆十六年奉旨选发江南补用守备，十七年春得委到徐州夏镇署守备事；嘉庆二十年，往南京城守左营，二十三年到南京城守都司任所，二十五年，再调奉贤县青村营都司；道光元年奉旨越升海州参将，十二月提升河中协副将，二年秋进京陛见；道光四年委署徐州总镇；道光六年授安徽寿春镇总宪。

陈绍龙从一个家境贫困的农家子，充分发挥自己的天赋，经过不懈的努力，高中武解元、武进士，官至总宪，这足以令人刮目相看，但更为令人称道的则是他建立了安邦为民的卓越功绩，《徐州府志》《江宁府志》等方志均有载录。如他每任一地，就保一方安宁，缉获盗枭达数百上千人，以至于后来盗贼都闻风而逃；作为一名武将，他重视倡导文教，在海州、徐州任上，捐俸设立义学，培养兵民子弟；他十分关心百姓疾苦，在徐州夏镇任守备期间，由于灾荒造成粮食奇缺，他把维稳安民视为己任，遏制囤积居奇、哄抬粮价等不法行为，按规定至嘉庆十七年三月需调任，由于当地乡绅和百姓竭力呈请大宪予以保留，一直到第二年六月才卸任。

他还有个弟弟叫陈绍凤，字定邦，号梅峰，为嘉庆庚午科武举人，兄弟俩如他们的名字一样，可谓是人中龙凤，也堪称安邦定国之才。

方奇山·鞠躬悴农

悴农是一个很有抱负乡村的青年，而且也很有热诚的毅力。他一面求学，一面实际地参加在农友队伍里干了五年多的乡村工作。

——孙育万《农村建设实施纪序》

方悴农武
义人原名方
山曾指导诸
暨种植双季
稻毕生奉献
农学
庚子夏
三朱画

悴农
鞠躬

　　20世纪30年代中叶，浙江省开始进行双季稻栽种试验，1935年省建设厅下属的稻麦改良场选择十二个县作为推广试验区，诸暨是其中之一，而枫桥、直埠就是本试验区的两个试验点。

　　方悴农，出生于1913年，原名方奇山、方山，浙江武义人，从小勤奋好学，长大后坚定"强农兴国"的信念和抱定"憔悴为农"的决心，遂改名为悴农。1935年春，刚毕业于浙江省立农业推广员养成所的方悴农被选派为直埠双季稻试验点的推广员，到任后即成立直埠农民学校，积极开展宣传发动和技术培训工作，深入田间地头，与农民交心。在1935年8月9日的《诸暨国民新闻》报中刊登了他撰写的题为《解释"摘茎"病》的文章，其中他写道："本想多多为现代农村负一点儿垦掘的责任，但是到了诸暨的五个月中，白天总须在外面跑，雨天及晚上又要与农友谈心，很少有机会写文章，这一点是感觉心悸的。"可见他在直埠的推广指导工作是很繁忙的，也是十分用心的。

正如方悴农的名字一样，他毕业即从事农学研究工作，1937 年奔赴延安，是延安中国农学会的发起人之一；新中国成立后，一直在中国农业科学院工作。而且他与诸暨籍的农业专家有深厚的交谊，他在诸暨工作期间出版了《农村建设实施纪》一书，诸暨籍的农业专家孙育万为之作序；在中国农科院工作时，他任院办公室副主任等职，诸暨籍的农学家金善宝任副院长；在 1983 年 5 月召开的中国农学会第三次代表大会上，金善宝当选为名誉会长，方悴农当选为副会长。

1985 年，金善宝先生九十大寿时，方悴农特地撰写了《记金老二三事》一文，十分钦佩金老不服老的精神，其实方悴农自己何尝不是如此呢，两位著名的农学家都工作到八十多岁，且都是百岁长寿之人，金善宝享年 103 岁，方悴农享年整 100 岁。

招得小范來同看錢塘山一囬。

孟昭太史自高曾巳從山陰今又寄籍錢塘非暨產也然且請於當道爲宋時遷

暨之祖追立神道碑文捐金修祠眷眷不忘其故山川桑梓見于詩歌纍纍如

珠之貫大爲吾鄉生色綴而存之以視自詡名士而菲薄其故園者相去何如

也。

蔡維翰母姚氏翰父卒翰甫五歲誓志守節晚歲猶不赴族姻喜慶事長孫惠遠娶

于趙遠又早世無嗣趙守節如太姑嘗謂太姑堅操不易氏若不能看此好樣何以

見太姑于地下次孫獨序貢成均獨從父英作二節合傳言之甚詳

陳世元妻趙氏元未冠忠癲癇不可近氏十五于歸二十一生一子四歲元卒舅姑

老叔幼氏備歷艱苦叔長子亦成立氏卒年五十一邑侯翟公旌曰霜幃懿範

張有六道徑五灶渴飲于泉泉之側有遺金可五六兩意其人必追尋坐俟良久乃

交路亭主人囑令詳問數目而還之行十里至街亭其人倉皇而至詢之與數相符。

冯至《允都名教录》卷七

身得毋宗黨辱溪水多淪邅懼爲出山濁

族人聞我至衣冠盡來趨上自祖父行下及子弟俱疎

野無繁節循禮彬彬如天性出肺肝自有真悅愉轉笑

酬世人恭敬多浮虛柴門堆野氂喔喔雞方雛童子識

行輩一揖當庭除相愛亦知昵繞座牽我裾鵲然孝弟

氣釀之成黃虞相對杯酒深此意吾難抒

秩秩大小宗祧禰歸一經獻享制無越吾族有康成西

階奏笙祝爵帛高在楹旦氣極齋潔虛堂生清明分庌

廁聲從雙隨長者行杯棬遺澤留愓愓懼難承入世三

十年始瞻我祖靈當喜分種枝亦有新條榮氣名神不

復莊詩問

卷七

八　大海山館集

姚燮《复庄诗问》卷七《过诸暨姚公步六章》

情牵桑梓

在诸暨历史上，有这样一些人，他们因经商、赴任、避难等各种缘由，不得已远离故土，入籍异地。

他们中有功成名就的闻人，如近代校勘学家章珏，虽为"江苏府学优廪膳生，长洲县民籍"，但"原籍浙江诸暨县"，因其"高祖何德服贾来苏，卜居阊门外普安桥"（见《章珏硃卷》）；康有为门生、梁启超挚友、民国初任中国银行总裁、"海珠三烈"之一的汤叡，"字觉顿，其先籍浙之诸暨……父宦广东，因家焉"（见梁启超《番禺汤公墓志铭》）；教育家蔡元培一族，"迁山阴始祖恭政，明季自诸暨迁山阴"（见《蔡元培硃卷》）；曾任浙江都督的政治活动家和实业家汤寿潜，其"九世祖贵由诸暨迁山阴县天乐乡"（见《汤寿潜硃卷》）；哲学家金岳霖因其父金珍避难投亲于湖南而出生于长沙，长兄金燊为"绍兴府诸暨县附生民籍"，"肄业湖南岳麓书院"（见《金燊硃卷》）……

当然，更多的是一些名不见经传的普通人，尽管他们身处他乡，有的甚至历时百年而已延续数世，却仍念念不忘桑梓，或不远千里，一归故土聊以慰藉；或吟诗赋词，赞颂家乡风物；或捐资赠物，热心桑梓公益。

现选录五位远离家乡的诸暨人，让我们一起来感受他们挂牵故土的情愫。

屠 倬·眷眷乡情

孟昭太史，自高、曾已徙山阴，今又寄籍钱塘，非暨产也，然且请于当道，为宋时迁暨之祖，追立神道碑文，捐金修祠，眷眷不忘其故。山川桑梓，见于诗歌，累累如珠之贯，大为吾乡生色。

——冯至《允都名教录》

又到了一年一度返归故里的日子了，屠倬心情十分愉悦，匆匆打点行装，从钱塘出发舟行至店口，到达故乡琴坞村时，照例得到了族中叔伯兄弟的热

情接待。尽管生在异乡、长在异乡，可屠倬却一点儿也没有违和感，在觥筹交错中显得十分放松，因为他知道这里才是自己的根、真正的家。

夜深了，小山村很寂静，家族的变迁史再次浮现在屠倬的脑海中：始迁祖屠道（字天叙，号子茂，自号乐琴居士，宋乾道六年进士）因在宋光宗朝与权贵论事不合，在宋绍熙三年（1192）以疾归隐诸暨紫岩山中，素爱琴，故名所居处为琴坞。后族属规模不断扩大，传五世至屠本宗，命长子守琴坞祖业，率次子、三子迁居东安屠家坞一带。既为书香门第，为了谋求更好的前程，自己的高祖、曾祖不得已离开故乡，迁居山阴，后代又寄籍钱塘，而自己先是在嘉庆辛酉年举于乡，后又在戊辰年中进士，除仪征知县，升江西袁州知州，可谓扬名显贵了，自己又怎能忘本呢！这样想着，屠倬决定再到泽泉、屠家坞一带看望同宗族人。

从琴坞出发沿着山路，翻过金牛岭、蒋寺岭、干岭、葫芦岭，欣赏着鹳叫坪、象山、狮子峰、朱坞岭、东松岭一路风光，探亲之旅的欢愉和家乡迤逦的景致让屠倬诗兴大发，他一口气写下了《琴川》《琴坞旧庐》《店口》《屠家坞》《泽泉》等18首五言绝句。而在他的另一首七言长诗《与家心梅夜话即送归泽泉兼示小湖》中，更是不吝对故土的溢美之词，"我家暨阳好山水，复嶂层峦在屋里"。

此外，屠倬还特意为自己取了一个号——琴坞，其含义不言而喻；还请自己的老师阮元为始迁祖撰写了《宋侍御史屠公神道碑》；并捐资修缮宗祠……

屠倬"眷眷不忘其故"的举动，深深打动了诸暨的另一位文人冯至，他把屠倬赞美故乡的诗作收录在《允都名教录》中，"缀而存之"，对屠倬钦佩之余，还发出了令人深思的感叹，"以视自诩名士而菲薄其故园者，相去何如也"。

丁 熙·五归故里

> 君去年与余同会试不第，并车出国门，至淮上，君别余之诸暨，以先世诸暨人，归谒者数四，至是又挈弟熊谒焉。
>
> ——陈澧《内阁中书新兴县学训导丁君墓志铭》

道光三十年（1850），广东番禺的丁熙（字桂裳）与其相交二十余年的好友陈澧参加完庚戌科会试，均未登榜，两人结伴而来，又同车而归。丁熙的三弟丁熊则形影不离地跟随着，当行至淮上（现安徽境内）时，丁氏兄弟便与陈澧道别，直接奔向诸暨应店街大马坞，原来这里就是远在广东的丁熙的祖籍地。丁熙带着弟弟拜谒了祖墓，此前丁熙已四次返归故里，这次应该是第五次了，考虑到路途遥远，而自己又过了不惑之年，恐怕以后很少有机会再次返乡了，丁熙就在当地购置了田地，以供养一户人家来照看其祖先的坟茔。

与丁熙分别后的陈澧转道至祖籍地江宁（现南京），祭扫祖坟。

丁、陈二人的经历十分相似，两人的祖籍地均在江南，又都寄籍于番禺；年少时同学于阮元创办的一所书院——学海堂，师从翁同龢之父翁心存先生；陈澧于道光十二年举于乡，丁熙于道光十五年举于乡，两人又数次参加会试而终不第；陈澧先后受聘为学海堂学长、菊坡精舍山长，执教数十年，世称东塾先生，创立了"东塾学派"，而丁熙署韶州府学教授，任新兴县学训导、羊城书院监院；两人均为广州文坛的佼佼者，组织或参加了多次文人雅集、修禊聚会，在张维屏的《听松庐外集》卷四中记录了其中一次修禊会的情况，"修禊之会凡二十人，张茶农深、黄香石培芳……陈兰浦澧……是日主人桂裳、子熙、伟士、眉生、致堂也"。从年少相识始，陈澧和丁熙结成了终生的至交。

在丁熙的教导和影响下，据《光绪诸暨县志》"科第表"载，其幼弟丁熊，为道光二十九年己酉正科举人，"字守和，（道光）乙未举人熙胞弟，官福建莲河场大使"，其侄、二弟丁照之子丁树棠，为同治三年甲子正科举人，"字撷芳，江西候补知县"。

道光二十八年年末，发生了英国人"践约"要求入广州城事件，由此广州掀起了反英人入城运动，而领导民众自卫组织的则是著名书院的学者和社会名流，这其中就包括羊城书院监院丁熙。道光二十九年五月，两广总督徐广缙上奏朝廷予以嘉奖，道光皇帝下旨"新兴县训导丁熙、候选教谕张应秋，均著赏加内阁中书衔"。

令人遗憾的是，丁熙第五次返乡回粤后不久，道光三十年十月二十八日竟溘然长逝，享年才四十二岁，其好友张维屏在《艺谈录》中扼腕叹息："才长命短，士论惜之。"

姚 燮 · 乡愁可依

族人闻我至，衣冠尽来趋；上自祖父行，下及子弟俱。疏野无繁节，循礼彬彬如；天性出肺肝，自有真悦愉……

——姚燮《过诸暨姚公步六章》

道光十四年（1834），宁波府镇海县民籍的清代文学家、画家姚燮举于乡，按科举时代的惯例，必须祭扫祖墓，幸好祖父费心找到了祖籍地，这才有了此年姚燮的诸暨之行。

据《清代硃卷集成·姚燮卷》载："迁镇海始高祖讳献其，字大嗣。"另见姚燮诗注，可以获悉姚家寻根的概况：高祖姚献其迁居镇海，生曾祖姚有纯（字禹文）兄弟二人，曾祖去世时，祖父姚昀（字兆凤，号丹峰）一行兄弟六人尚年幼，及长欲编纂家乘，却都不清楚高祖迁自何处，姚昀数次寻访

乡愁可依

诸暨姚公埠姚燮高祖大嗣公自
海道光十四年姚燮
中举还故里得五言
排律六首浓浓乡情画
在诗句中

庚午夏三录画

姚氏聚居地，并查阅姚氏家谱予以考证，终于获知高祖来自诸暨之姚公埠，这才得以认祖归宗，此后姚家定下规例，每年至姚公埠祭扫祖墓。

到了姚公埠，姚燮做的第一件事当然是谒宗祠、祖墓，然后住在族兄鲁斋先生的琴宅里，在故乡停留的 11 天时间里，族人们争相设酒席招待他，浓浓的乡情使姚燮感到无比的温暖，特赋五言排律诗六首，记录这次返乡过程中的所见所闻、所思所想，收录在其诗集《复庄诗问》中。《过诸暨姚公步六章》其一，叙述故乡的历史和风貌，"一村千余家，一姓无异族"，"亟亟谋稻桑，在在立乡塾"，姚公埠为姚氏聚居地，边耕边读的乡风给姚燮留下了深刻的印象；其二，讲述远方的游子受到知书达礼的族人们的盛情接待，

"童子识行辈，一揖当庭除"，"相爱亦知昵，绕座牵我裾"，族人们不管长辈还是孩童，对姚燮既敬重又亲昵；其三，描写在宗祠里庄严而肃穆地祭拜列祖列宗的场景，"且气极斋洁，虚堂生清明"，"末孙自远来，鉴此庶受馨"，身在宗祠，姚燮的内心平静了许多；其四，讲觅得祖茔数座并祭扫，姚燮又回忆起祖辈们寻根之艰，"半生苦探访，稍稍闻绪端"，"搜荆得遗墓，既得心始欢"，一再叩拜列祖，姚燮的眼眶也湿润了；其五，讲酒席间，夜灯下，与族人们论谈不疲，"吾宗多凤鸾，毛羽各妍媚"，"勿坠门闾声，勉为庙堂器"，相互勉励，以振族声；其六，讲惜别之情，令人黯然神伤，"依依拜诸父，恻恻情迟回"，"寻常有离别，动辄致吾哀"，太阳升起来了，浣江里的潮水上涨了，渡口的信号鼓已经敲响，姚燮再次转身回望着故乡，拖着迟缓的脚步上了船……

时间转瞬过了 185 年，2019 年的春天，宁波镇海姚家斗姚氏后人姚远陪同着他的父亲，也来到了姚公埠，并写下了一篇情真意切的散文——《乡愁是一条大江》。

葛宝华·德被桑梓

热心公益，乐善好施。旅沪巨商葛宝华返里一行，完成龙门水仓，兴建完全小学，赈济穷苦贫民，制赠乡队服装。

——《诸暨国民新闻》1946 年 11 月 6 日报道

葛宝华 1898 年出生于诸暨县东安乡葛村（现属枫桥镇），自幼家境贫寒，父亲双目失明，靠舂米为生，母亲赴杭当保姆。葛宝华上了三年学被迫辍学，迫于生计，年仅十三岁时离开了家乡，到上海寻找生计，先后在店铺当学徒、到饭店做账房。有了一定的积蓄后，就在街面开设了胶鞋店，主营胶鞋等橡胶制品。由于经营有方，葛宝华积累了一定量的资金，于是先与人合作开办橡胶厂，后独资兴办新中国橡胶厂。

事业有成的葛宝华于1946年春返乡探亲、祭祖时，择定了建设家乡的教育、水利等事业作为回报，于是作出了捐资兴办一所小学、建造一座水库的决定，返沪后，由于忙于实业，就委托村人组成筹备委员会，具体落实建设项目。

是年秋，葛宝华特意挤出了一周的时间，回乡察看项目进展情况，10月25日傍晚，偕夫人回到家乡，行程安排得十分紧凑，《诸暨国民新闻》报作了报道：

与水利公会委员座谈，商谈水利建设事业。

实地踏看龙门水库建造进展情况，召集村民会议，要求晚稻收割后一个月内竣工，以尽早发挥水库的作用。

至乡公所，就家乡的教育、卫生、救济等各项事业，提出了自己的想法与建议，并要求新建的完全小学能在明年完成，赠送乡队每人服装一套。

调查确定本村贫困户，每户发放救济粮420斤，如将来建设乡卫生所，承诺捐款50万元。

此外，还捐助忠义中学图书仪器购置费200万元，加入县银行股金50万元。

忙碌完这些事情后，葛宝华于10月31日早晨才匆匆离乡返回上海。

时任县长的祝更生亲笔题写了"德被桑梓"四个大字，以表彰葛宝华热心家乡公益事业的善举。

1948年8月，葛宝华捐资建造的梅苑小学竣工。

方子钧·再兴文教

1937年，白门闪阳村方仲禄捐田50亩、山顶村方子钧捐洋5500元，修缮白门义塾东侧的义仓，创办了白门完全小学；1948 年方子钧又捐 1 亿元为学校购置仪器。

——1987 年版《诸暨县教育志》

与葛宝华有相同经历和家乡情怀的还有白门的方子钧。

方子钧先在诸暨县城的店铺里当学徒，后来到上海经营化妆品生意，随着资本的积累，1931 年不到 30 岁的他，已经拥有自己的企业——中华协记化妆品厂，跻身于有"十里洋场"之称的大上海民族化工工业行列。

尽管事业顺风顺水，但一想到家乡，方子钧的心情却越来越沉重。年少的他曾经在白门义塾旧址中读过书，也多次听老人们讲起先祖方镒在元代创

办义塾的故事。那时自己的家乡白门，一时间成为文教圣地，吴莱、项炯、黄叔英等名师在这里教授弟子，还吸引了宋濂、郑深、方孝孺等优秀学子远道前来求学，那是何等荣耀的一段历史啊！而曾经辉煌的义塾却已破败不堪，家乡的教育事业也日渐衰落，现在自己事业有成，应该义不容辞地担起重振文风、光耀祖业这个重任来。

1937 年春，方子钧自沪归里，就立即付诸行动，提出了"将本村各房原有之初级小学四所合并，就该村原有之义塾旧址，创设乡立完全小学一所"的办学思路，并率先捐助开办费二千大洋，常年教育基金一千大洋。此年 6 月 15 日下午，白门召开了第三次建校筹备会议，鉴于该村人士对地方教育如此热情，县长张宝琛偕教育科科员赵华丞、乡绅王者生出席了这次会议。在方子钧的带动下，白门方氏族人踊跃捐洋捐田，所捐学田就达 448 亩，如期达成了原定的目标。

1941 年，上海同康钱庄注册成立，作为主要的股东之一，方子钧担任副经理。

20 世纪 50 年代，由香港广生行上海分公司，历史悠久的中华协记化妆品厂，内地最早的花露水生产商上海明星香水厂以及东方化学工业社强强合并为"上海明星家用化学品制造厂"，后来又发展成为著名的上市公司——上海家化。

諸暨邊春豪傳 并序 六百廿七

春豪者邊姓逖村人之業順於省垣者也其設肆不於殷闐之通衢

而於僻曲之狹巷其裝褫不逐新而守古其價廉不能有纖毫貶損而

《暨阳同山边氏宗谱》中孙智敏《诸暨边春豪传》

市履者遠近皆至雖他省之來淘者亦知邊履茂之名履茂者何履

肆之號也爭家居與其肆近十餘年來而求履屨必於邊履茂故與春

豪父子相稱識其時春豪巳蒼顔而白髮猶强健善假如少年與之

接藹然以和顔卑動言詞不少苟其家人日夕操作勤苦而雍睦怡

忽十年業既日盛家亦日饒而春豪亦以上壽終矣雖然春豪之業

履固不與他履同而所以駕乎他履之上者其故何在此則予又稱

知之春豪者善葆天性而能率真者也故其業履也亦以真勝之其

取材必上選其課工無苟完價不可抑履乃狗民以羣世相率爲僞

之日而春豪獨躁其眞眞之與僞理所必勝豈有其他異能奇術以

致之哉事母雅謹自劭卽以孝聞始徐生二子長曰春祥已早世春豪九歲

而孤事母雅謹自劭卽以孝聞始徐生二子一女糠粥春豪亦生二

子一女仲與季均先亡啓昌乃叔子也啓昌既慈而春豪之訓誡尤

《暨阳同山边氏宗谱》中孙智敏《诸暨边春豪传》

110

百年名品

清晚期及民国期间，很多诸暨人走出家乡，或赴省垣，或走省外，凭自己的一技之长，谋得生计。

坚忍不拔、吃苦耐劳是他们共有的诸暨人的品质，不怕挫折，不畏辛劳，默默地从小生意做起，慢慢积累财富，蓄势待发。

诚心待客、信誉至上是他们一直坚守的经营之道，酒香不怕巷子深，精湛的技艺、精致的选材必产出精品，从而吸引着四面八方慕名而至的客户。

精明能干、头脑活络是他们给人留下的深刻印象，善抓商机，打造品牌，经营有方，因而规模不断扩大，财富不断累积。

他们创造出的品牌，时闻全省乃至全国，后在波诡云谲的商海中几经浮沉，却仍留存至今，成为十分珍贵的百年老字号。

现辑录五位诸暨人及他们创造的百年品牌，一起回顾他们艰难的创业历程，作为诸暨人，你能不为他们感到自豪和骄傲吗？！

边春豪·边福茂鞋庄

春豪者，边姓，边村人之业屦于省垣者也。其设肆不于殷阗之通衢而于偏曲之狭巷，其制屦不趋新而守古，其价不能有丝毫贬损而市屦者远近皆至，虽他省之来浙者亦知"边福茂"之名。"福茂"者何？屦肆之号也。

——孙智敏《诸暨边春豪传》

杭州曾经流行一句俗语："头顶天，脚踏边。"说的是帽子要戴"天章"的，布鞋要穿"边福茂"的，这是两个杭城闻名的老字号。

其中的边福茂鞋庄最初于 1845 年开设在杭州长庆街五老巷口，历经 180 年，其间虽数易店址，如今却仍开张在新华路上。

创造"边福茂"这个品牌的就是诸暨同山边村人边春豪。据《暨阳同山边氏宗谱》载："讳春豪,生于道光壬午年九月十日丑时,卒于民国元年三月初十日子时。"边春豪年少时聪慧能干,就学到了做布鞋的好手艺,可那时普通人家几乎不会花钱去买鞋穿,家家户户都自己做,因此在家乡生意比较清淡,可边春豪有着同山人敢拼敢闯的执拗劲儿,并没轻言放弃,既然乡村没施展空间,何不去城市里闯一闯。

就这样,带着工具、行李,年轻的边春豪来到了杭城,在长庆街五老巷的一家茶馆门口,摆起了鞋摊儿,做些绱鞋、制鞋的小本生意。由于他选料讲究,即使是纳在鞋底里面看不到的布料,也采用优质新布,再加上工艺精致,制作的布鞋美观耐穿,小小的鞋摊儿生意兴隆,客户纷至沓来。

几年后,边春豪有了一些积蓄,但他并不满意于此,就开始盘算着,既然自己做的鞋如此受人欢迎,最好有个叫得响的品牌,自己辛苦劳作,就是希望生意兴隆,家人能过上好日子,那就叫"边福茂"吧,然后还得有个店面,才能把生意做大做强,于是在盐桥附近购置了一块地皮盖房子,从此杭城又多了一家叫作"边福茂"的鞋庄。

清末民初,边春豪的儿子边启昌子承父业,鞋庄迁至中山中路,经营规模又再次扩大,还开出了分店。

孙智敏于1913—1914年任诸暨知县,来自杭城的他曾耳闻目睹边春豪创造的奇迹,1920年应边启昌之请,欣然撰写了《诸暨边春豪传》。

而边家的第三代中,值得一提的是边成(1905—1996),字政平,号宋峰,别署君子馆、上明室,早年肄业于浙江公立法政专门学校,从事工商业管理工作,书法师从何蒙孙先生,金石学师从罗振玉大师,著有《君子馆论书绝句一百二十首》《三代吉金文存校勘记》等,可谓商儒两不误。1921年边福茂在上海开设了分店,抗战胜利后,边成移居上海,一边打理祖业,一边研究书画金石,系中国书法家协会会员、上海分会会员、上海文史馆馆员。

寿达清·景阳观酱菜

为了取个吉利的店名，寿达清绞尽脑汁，收集全国同行业中各种店名，排列再三，发现上海"紫阳观"的店名很合他的心意，体现了财源茂盛，而且事实上"紫阳观"在江浙一带已有名气。于是，寿老板巧借"紫阳观"，用代表日光、象征兴旺的"景"字取代了"紫"字，将自己的新开商店取名为"景阳观"。

——《中华老字号》

在杭州中山中路与高银街交叉口，有一家两层建筑的商店，店面呈扇形，墙面饰以石材，并附有装饰性的雕花线条，显得非常端庄而典雅。进入店内，则又是另一番景象，金色的柱子、彩绘的天花板，仿佛置身清朝的宫廷之中。店内及门面二层外墙上的招牌都是蓝底金字，十分醒目。

这样高贵的门店，售卖的却是酱菜，但你可别小看它，它是创办已有百余年历史的杭州金牌老字号——景阳观。而创建这个名品的则是诸暨人寿达清。

清光绪二十年（1894），刚满13岁的寿达清就来到了诸暨湄池镇上的一家酿造厂当学徒，凭着勤奋与聪慧，三年满师时，学得了一手腌渍酱菜、豆豉、腐乳的好手艺，按传统习俗，为了谢师，寿达清又苦干了三年。在他20岁那年，才正式受聘为腌渍作场的师傅。

光绪三十三年（1907），年轻而壮实的寿达清已经有了一些积蓄，就开始筹划创业之路，于是顺着浦阳江而下，来到了杭城，在荐桥直街（今清泰街）佑圣观巷口开设了一家酱菜店，并仿照上海知名的酱菜品牌"紫阳观"，取名为"景阳观"，当然更重要的是秉承"质量取胜，品种益众"的经营理念，以及凭借娴熟而精致的加工工艺，因此酱菜店的声誉极佳，生意兴隆。据说其时清末大臣王文韶从杭城带了景阳观的"双插瓜"酱菜到京城，慈禧太后与光绪皇帝品尝后赞不绝口，从此成了贡品，与北京六必居、扬州三和四美、

景陽觀醬菜

醬菜壽達清於清光緒三十三年在杭城創建景陽觀醬菜品牌歷百餘載為杭州金牌老字號四大醬菜名品之一

庚子夏三來

济宁玉堂并称为"全国四大酱菜名品"。

抗战全面爆发后，杭城市面冷清，寿达清不得已将店面盘给他人，忍痛割爱将这个金字招牌留在了杭州，只身回到诸暨老家另谋生路。幸好几经转折，"景阳观"至今仍以高雅的姿态矗立在杭城的闹市区。

周师洛·民生制药厂

他用刚毅果敢的精神，勤慎诚挚的态度，领导着一群战士，披荆斩棘地奠定了民生药厂的基础。

——周师洛照片简介

浙江有一家历史悠久的制药厂，可谓家喻户晓，它创建于 1926 年，历时近百年，是我国最早的四大西药厂之一，见证了中国西药制药的历史，现为国家大型骨干制药工业企业及首批"中华老字号"企业。

它就是杭州民生制药厂，其创始人为周师洛（1897—1977），字仰川，出生于诸暨保和乡吾家坞村（现属浬浦镇），毕业于诸暨县立中学，民国六年（1917）考入浙江医药专门学校药科，1920 年毕业回家乡创办诸暨病院。1922 年，周子豪之子周思溥留日归国，在杭州同春坊开设了同春医院，由周师洛主持药局。同年，周师洛又先后任浙江医药专门学校附属诊疗所药剂师、杭州中英药房药师。

1926 年 6 月，周师洛与周思溥、范文蔚、沈仲谋、冯继芳、陈树周、田曼称共七人，集资六千银圆成立了"同春药房股份有限公司"，开设同春药房，并以民生制造厂化学药品部的名义对外销售自制针药，"民生"一词则取自孙中山先生提出的"三民主义"，还立"登民寿域，解人困苦"为公司宗旨。公司成立后，周师洛身兼数职，既是公司管理的总经理，也是负责

民生製藥廠

周师洛字仰川诸暨吾家搞人为
杭州民生製藥廠創始人

庚子夏三禾画

技术的工程师，还是直接参加工作的员工，在他的带动下，公司得到了长足的发展，在1936年民生制造厂改名为民生药厂股份有限公司时，资本已积累至十万银圆。

抗日战争全面爆发后，民生药厂辗转于安徽、福建、江西等地，历经磨难，1945年抗战胜利后，才重新迁回杭州。杭州解放前夕，周师洛拒绝了罗霞天董事长把民生迁往台湾的提议，最终把药厂留在了创建地——杭州。1954年，公司改组，更名为"公私合营民生药厂股份有限公司"。1958年，民生药厂和国营浙江制药厂合并成立"地方国营浙江民生制药厂"。此后又数易其名，直至1985年恢复为"杭州民生药厂"。1993年，成立"杭州民

百年名品

生药业集团公司"。2000 年，成立"杭州民生药业集团有限公司"。2009 年，更名为"杭州民生药业有公司"。

不管公司名称如何变化，从 1926 年创始，"民生"之名一直保留至今，诸暨人周师洛创建的民生药业，造福民众已近百年。

汤志轩·黄花园酱油

"黄花园"酱油在重庆几乎是家喻户晓，几十年来重庆人都爱打"黄花园"酱油，特别是上世纪六七十年代，在解放碑现王府井商场斜对面的"人道美"经常都会看到人们手里拿着一二个玻璃瓶，排着长长的队伍等着打"黄花园"酱油。

——《商贸渝中》

现在酱油的品牌非常多，而重庆人首选的仍是重庆黄花园酱油厂生产的"黄花园"牌酱油。

创造这个酱油老字号品牌的是诸暨人汤志轩。

汤志轩幼年家境贫困，母亲以帮佣为生，后随母帮佣的主人从诸暨迁往辽宁安东（现丹东）、沈阳等地。长大成人后，汤志轩就挑着担子卖山货，慢慢地积累了一些钱，1925 年，他与两位同乡集资一千银圆，在沈阳盘下了一家南货铺，并改名为"三阳春"，两年后改为独家经营，取名为"南稻香村"，由于汤志轩从小念过书，再加上头脑灵活，南货铺经营得有声有色，积累的资本也越来越多。

正当汤志轩事业有成时，"九一八"事变发生了，东三省沦陷，汤志轩只得转移到上海继续经营南货业，同时在诸暨家乡购置了田地。在上海期间，他发现酱油业颇有发展前景，而正巧生意伙伴濮庆忠受应祥焕之托，寻找湖北沙市一家叫作"同兴酱园"的转让承接人，于是一拍即合，汤志轩接下了这家酱园，追加投资，扩大经营规模，同时改名为"老同兴绍酒酱园"，由于配方、工艺讲究，再加上汤志轩擅长经营管理与产品宣传，利润大增，相继在湖北、湖南、四川、云南多地建立了分园。

1940年6月，因日军不断入侵，汤志轩只得将酱园迁往重庆，在兴隆街开设了"老同兴"重庆分园，后来因规模扩大，搬到了重庆黄花园。

20世纪50年代，公私合营，因"老同兴"地处黄花园，于是更名为黄花园酿造厂，也就是如今的重庆黄花园酿造调味品有限责任公司。

翁泰校·振兴祥衣铺

1932年，诸暨人翁泰校在杭州开设"振兴祥成衣铺"，由于技艺精湛独到，形成了一套自成体系的高超制作技艺，生意十分红火。

——杨建新主编《钱塘风物》

2015年12月，一则题为《百年老字号"振兴祥"重回闹市区》的报道在《杭州日报》刊出，说的是杭州青年路20号一家不大的门店，是杭州利民中式服装厂的老店，现在重新装修，挂上了"振兴祥"三个大字招牌。这样一则很普通的新闻后又被多家网络媒体转载，足见老字号"振兴祥"的分量，如今它重新回归人们的生活中，反过来又取代了"利民"。

创造这个中式服装品牌的是诸暨人翁泰校（1900—1978），小名小和，诸暨安平乡翁家埂人（现属暨阳街道），据《蕙渚翁氏宗谱》载："良三百六十三，讳太校，生于光绪庚子（1900年）四月初五日子时。""贤四百四十五，讳怀庆，字廷贵，生于同治丙寅（1866年）十一月廿九日亥时，卒于宣统庚戌（1910年）四月二十日，生三子，太元、太和、太校。"当翁泰校十岁时，其父亲翁怀庆去世了，一个普通的农家失去了顶梁柱，生活的艰难是可想而知的，年幼的翁泰校只读了几年私塾就辍学了。16 岁时，经人引荐到杭州学杭帮裁缝。

幸运的是，翁泰校一到杭城，就遇到了一个好师父，他叫金德富，是清代杭帮裁缝的名师，1897 年就在杭州湖墅宝庆桥新码头创立了金德富成衣铺。翁泰校学成出师后，先后在杭州许光荣、毛钜勋、徐森茂等多家成衣铺做工，悟性极好的他，取各家之长，形成了一整套独特的中式服装制作手工技艺。1932 年，刚过而立之年的翁泰校就在杭州吴山路 27 号自立门户，开设了一家成衣铺，铺号取名为"振兴祥"，制作旗袍、长衫、马褂等中式服装，由于技艺精湛独到，因此生意火爆，名声远播。

1956 年公私合营，振兴祥成衣铺与其他十余家成衣铺合并，组建成立杭州利民中式服装供销生产合作社，翁泰校继续在合作社里担任技术指导，传艺授徒，此后在一代代师傅的接力下，振兴祥的传统技艺一直传承至今。

如今，随着生活水平的不断提高，传统中式服装再度受到人们的青睐，振兴祥也再次迎来了黄金期。

劍南詩彙　三十三　汲古閣

楚鉗

光常向道途淹古來芙說還家樂豈獨全軀畏

香撩客山逼籃輿翠入簾男子坐爲衣食役年

裂面霜風快似鎌重裘袴晚仍添梅當官道

行牌頭奴寨之間皆建炎末避賊所經也

料白首重經過四十餘年萬事改惟有青嶂高

木葉下搖橛渡口生微波建炎避兵犇竄地誰

今朝霜薄風氣和霽色滿野行人多沙平水淺

陆游《剑南诗稿》卷十《行牌头奴寨之间皆建炎末避贼所经也》

121

青口天目黃山白嶽水則西湖湖鑑湖錢塘

江新安江而五泄為最勝在諸暨縣百里外百

幅鮫綃自天而徃洞則玉京煙霞水樂呼猿之

屬玉京商甚泉別龍井席跑真珠之屬其他不

記名者尚多友則陶周望公望虞長孺僧孺王

靜虛皆禪友也然皆禪而詩汪仲嘉梅季豹潘

庚生方子公皆詩友也然皆詩而儁就中唯周

望與爭相終始相依三月僧則雲棲湛然立王

雲棲古佛湛然立王禪伯也其他瑣瑣者固不

袁宏道《解脫集》卷四《与吴敦之书》

雪泥鸿爪

　　暨阳大地，山川生色，历代多有闻人名士驻足于此。他们或慕诸暨山水，游历观览；或因公务在身，匆匆路过；或处纷乱时世，寻幽避居。此外，或联姻，或访友，或传道，而留下了他们的印迹。

　　早在春秋时期，越国在此建都，诸暨便有了"允都"之称，大夫范蠡在浣纱江边觅得西施美女；秦始皇东巡，刻石于山，留下马蹄践印之传说；骆宾王早发诸暨，长歌远征；杨时访黄氏望烟楼，作记传世；朱熹肩负赈荒重任，奔走在婺越古道上；吕祖谦入越，录载详尽；汤显祖过诸暨，一文钱里见西施；宋濂求学于白门义塾，避地于流子里；徐渭游五泄，枫桥访友数日不忍离去；钱德洪主讲紫山书院，传播王氏心学；钟骏声避乱于东安潘家坞，终成浙江最后一位状元；俞樾五百卷巨帙，窟藏于大岩寺中。及至民国，又有郁达夫趣游苎萝村，留下名联一副；蔡东藩避寇于藏绿，两载行医为生；张爱玲追爱至斯宅，闲居小洋楼……

　　鸿飞已远，爪印犹留。现辑录历代五位与诸暨相关名人故事，以窥全豹。

范仲淹·吾祖曾住水石间

林下提壶招客醉，溪边杜宇劝人归。可怜白酒青山在，不醉不归多少非。

——范仲淹诗《诸暨道中作》

范仲淹在其所著《岳阳楼记》中的名句"先天下之忧而忧，后天下之乐而乐"及其首创的义庄，可谓家喻户晓。这位北宋政治家、文学家曾经多次到过诸暨。

据相关文献记载，宋天圣四年（1026）春，范仲淹时任兴化知县，他倡议的填筑海堰工程因暴风雪而暂时停工，乘闲暇之际，范仲淹赴两浙，过杭州、诸暨等地，与胡则、林逋、唐异等相聚，留下《赠余杭唐异处士》《寄西湖林处士》《唐异诗序》等诗文。

宋宝元元年（1038）十一月，范仲淹知越州（今绍兴市），于是就有了更多的机会来到诸暨，据南宋楼钥所编《范文正公年谱》载："宝元二年己卯，（范文正）公年五十一岁。在越。有《诸暨道中》诗、《越上闻子规》诗。"既至诸暨，范仲淹必拜访同宗先祖范蠡，并作了《题翠峰院》诗一首："翠峰高与白云闲，吾祖曾居水石间。千载家风应未坠，子孙还解爱青山。"相传翠峰院即为范蠡在诸暨的故宅，据《嘉泰会稽志》载："净观院在县西一里，唐天祐元年建，乾德二年吴越给翠峰院额，后改今额。有范蠡祠，相传为范蠡宅也，山上有鸱夷井。寺有仁宗朝赐经二藏，又有范文正公题诗石刻。"诗中所述"水石"，当为浣纱江水与范蠡岩，据《光绪诸暨县志》"山水志"，"（范蠡祠）范蠡旧宅也，旧有范仲淹题诗石刻"，石刻之诗即为《题翠峰院》。

在越不到两年，宋康定元年（1040）三月，范仲淹复官天章阁待制、知永兴军，又匆匆踏上了戍守西北的征途。

陆　游·谁料白首重经过

今朝霜薄风气和，霁色满野行人多。沙平水浅木叶下。摇桔渡口生微波。建炎避兵奔窜地，谁料白首重经过。四十余年万事改，惟有青嶂高嵯峨。安得西国葡萄酒，满酌南海鹦鹉螺。侑以吴松长丝之玉鲙，送以邯郸皓齿之清歌。向来丧乱当所记，大地凛凛忧干戈。偶然不死到老大，为底苦惜朱颜酡？

——陆游《行牌头奴寨之间，建炎末避贼所经也》

宋淳熙五年（1178），入蜀八载、时年54岁的南宋爱国诗人陆游终于东归了，一路经丰都、荆州、武昌、鄂州、黄州、庐山、金陵，于此年秋季才抵达临安（今杭州），面见皇帝汇报入蜀"工作"后，即被安排了新的"岗位"，除提举福建常平茶盐公事。

于是陆游匆匆返回绍兴故乡，没有充裕的时间与亲朋故友欢聚畅叙，"官柳弄黄梅放白，不堪倦马又天涯"，冬季就整装出发，选择了婺越陆路通道，赴任福建。在经过婺越通衢的诸暨境内时，诗人照例留下了若干诗作，记录行程，抒发情怀。一早从天章寺出发，翻越古博岭，到达干溪时，边就早餐边吟诗一首《早饭干溪，盖干吉故居也》，既对新任职位充满着期待，"剑外归来席未温，南征浩荡信乾坤"，却又黯然神伤，"行行莫动乡关念，身似流槎岂有根"。夜宿枫桥，作《赠枫桥化城院老僧》诗一首，借僧人之口颇为自嘲，"门前霜半寸，笑我事晨征"，行色匆匆，身不由己。行至双桥路上，"裂面霜风快似镰，重重裘袴晚仍添"，极寒的天气似乎更加激发了诗人的雄心壮志，《双桥道中寒甚》再次表达了陆游的心声，"古来共说还家乐，岂独全躯畏楚钳"。

当途经牌头至奴寨路段（今诸暨与义乌交界处）时，陆游深有感触，四十多年前来回经过此道的情景仿佛就在眼前，那是宋建炎四年（1130），金人分两路南侵，时局纷乱，年仅6岁的陆游跟随着父亲陆宰，也是通过这

陸放翁贈楓橋化城
院老僧詩意圖

庚子冬日三米畫

条婺越官道赴东阳避乱，幸得地方武装首领陈宗誉的款待与保护，才安然无恙，两年后得以返回故乡山阴。一路观赏着似曾相识的斗子岩、汤江岩、五指山一带风光，光阴荏苒，却壮志未酬，已过知天命之年的陆游怎能不发出"青山不改人已老"的感慨！

袁宏道·梦中犹作飞涛声

　　水则西湖、湘湖、鉴湖、钱塘江、新安江，而五泄为最胜。在诸暨县百里外，百幅鲛绡，自天而挂。洞则玉京、烟霞、水乐、呼猿之属，玉京奇甚。
　　　　　　　　　　　　　　　　　　——袁宏道《与吴敦之书》

袁宏道（1568—1610），字中郎，一字无学，号石公，又号六休，湖北公安人，"公安派"代表人物，提出"性灵说"。

万历二十三年（1595），袁宏道任吴县知县，在任上，勤政爱民，颇受拥戴，却因此招致"上级"不满，再加上吏治事务繁杂，难得清闲，第二年便托故辞职。

离职后的袁宏道并没有立即归乡，而开始遍游东南名胜，尽管"东南山川，秀媚不可言。如少女时花，婉弱可爱"，或许是因为心情不畅，也许是时节不佳，还因为朋友太忙，无法作陪，总之，这三个多月的游历，袁宏道还是觉得有些遗憾和无趣，"所可恨者，杭州假髻太阔，绍兴搽粉太多，岳坟无十里朱楼，兰亭一破败亭子"，他在给友人的书信中，是如此"吐槽"的，却唯独对诸暨山水情有独钟，赞赏有加。

诗人不吝笔墨，东南之行中描写诸暨山水的诗文占了很大的比例，他在《观第五泄记》一文中，用了"山行之极观也""宇宙间一大奇观也""争奇于雁荡者"等极致的语句来形容五泄的壮美之景，显然袁宏道被五泄飞瀑惊艳到了，以至于归而赋诗时，竟自谦感叹"不知作何等语"，不仅如此，夜晚卧床闻瀑声时，"须眉毛发，种种皆竖，俱若鬼矣"，"别后三日，梦中犹作飞涛声"。五泄一行，袁宏道可谓诗情大发，留下了《入青口诗三首》《五泄行》《第一泄诗》等若干诗作。

不仅如此，袁宏道还饶有兴致地向友人们推介五泄景区，在《与孙司李书》中这样邀约道："独五泄在诸暨百里外，殆越中绝景，倘巡察到彼，亦当乘暇一游。"在给吴敦之的信中同样推荐道："水则西湖、湘湖……而五泄为最胜。"

五泄既是诸暨风景绝佳之处，历代多有文人高士到此跋山涉水，吟诗赋词，则又成了一块诗文高地，而这其中，如此钟情于五泄山水的袁宏道，可谓是五泄景区最佳的"代言人"。

高士奇·别离肠断一生中

昔庚子之岁，余在髫年，性喜画扇，先君老友丁秋平以章侯所画《墨蝶落花扇》见赠，顷于山荆故箧中检出（澹人妻傅氏，湄池人）。开展如新，屈指三十六年，感慨系之，因用扇中诗韵，题志三首。

——高士奇《题章侯画扇》诗序

清代有一位博学多才的史学家，他出生于绍兴府余姚县高家村（现属慈溪），后入籍钱塘；他深受康熙信赖，三次随御驾西征；他历任翰林院侍讲、侍读、侍读学士，官至礼部侍郎兼翰林院学士；他能诗文，擅书法、鉴赏，所藏书画甚富，所撰著作等身。

他就是高士奇，字澹人，号瓶庐，又号江村，谥号"文恪"。据《光绪诸暨县志·人物志·流寓篇》载："（高士奇）少贫，赘紫岩乡湄池傅氏，授徒自给，相依者五六年，后就试京兆，托母妻于妇翁，薪水膏火之资悉赖之。及翔步禁廷，赐宅西安门，始迎养焉。"另据《光绪诸暨县志·坊宅志》载："傅氏园林，在塘湾底。仁和高士奇赘居之所，今废。"高士奇曾作五言律诗《外舅园林诗》，中有"他日重相访，空余几树枫"之句，末有"去秋妇翁下世，此园闻已属之他人"注释。

据高士奇诗注中注释，傅氏"名畹，字德馨"，贤良淑德，具备古代妇女典型的传统美德，在夫妇俩相伴的三十年间，相敬如宾，感情甚笃，即便身居高位时，高士奇也曾多次表达"余自仕宦以来绝无婢妾之奉"之意，而且说到做到，在他未满五十岁时，傅氏因病去世，高士奇十分悲痛，"即家庭燕处不异儒素，屡寥一妇，天复夺之，故每呼签问苍苍也"，回忆与夫人相处的日日夜夜、点点滴滴，失侣的思念汇聚成诗——《独旦集》，集中有言："余年将半百，誓言独处，未尽之年正堪悲之日也。"此后高士奇果然不再续弦，直至终老。

或许是高士奇酷爱收藏书画，也或许身为诸暨女婿，更是因为"诸暨三贤"卓越的艺术成就，他对王冕、陈洪绶的画作十分偏爱，在诗集中即可见一斑，如《观章侯野蔷薇画忆北墅二首》即有"每忆乡时看一回"句；当时翻找出亡妻奁中章侯所画的扇子时，睹物思人，"愁见画图双上下，别离肠断一生中"，连作七言绝句《题章侯画扇》三首；另有《题陈老莲画赠方屏垢舍人》《题元人王冕墨梅》等若干诗作。

潘天寿·浣纱春水软于罗

越吴往事记婆娑，来访耶溪古苎萝。遗庙落花明似锦，浣纱春水软于罗。原知颦笑皆心苦，毕竟恩仇累汝多。应趁今宵明月好，一厄清酒酹鸣珂。

——潘天寿《乙亥三月十五日由金华便道诸暨，访古苎萝村谒施子庙》

现代著名画家潘天寿 1915 年考入浙江省立第一师范学校，与诸暨籍的宣中华为同班同学；后与诸暨籍的艺术大家余任天先生相识相交，余老为之篆印无数，如潘天寿画作常钤的"潘天寿印""一味霸悍""强其骨""台州宁海人"等等；至于师从潘天寿的诸暨籍学生，知名的就有蔡绍敏、寿崇德等。

1932 年，潘天寿创立了"白社"美术团体，姜丹书、诸乐三、朱屺瞻等人相继加入，团队经常利用闲暇时光，结伴同游，据《姜丹书自编年谱》载："民国廿五年（1936），丙子，52 岁。春假中，同潘天寿、朱屺瞻、金维坚、吴茀之、张鼎生等出游。溯钱塘江而上，经富春江、桐江而至桐庐县……之后分散，我与潘天寿、朱屺瞻三人乘火车至诸暨县城，游苎萝村、谒西子祠、认浣纱石、瞻仰西子塑像，佩剑卓立，貌其英爽，绝无弱女子脂粉气，诚佳作也。"不同于一般祠庙的西施塑像，显然给三位艺术大家留下了深刻的印象。而据《潘天寿艺术活动年谱》所载："乙亥，民国二十四

潘天壽
姜丹書水
屺瞻遊兰
蘿村首
庚子冬日
三矛畫

雪泥鴻爪   131

年（1935），39 岁。暮春，与姜丹书、朱屺瞻等人游富春江，金华北山，访苎萝村。"又据其时潘天寿乘兴而作的诗《乙亥三月十五日由金华便道诸暨，访古苎萝村谒施子庙》，三位画家游访苎萝村的确切时间当为 1935 年 3 月中旬。

1937 年秋冬，因战事紧张，国立杭州艺专首迁诸暨吴墅，潘天寿再次来到西施故里，在诸暨没多久，便随学校继续向江西迁移，由于途中夫人晕车重病，转道至建德停留二月。

1958 年，中央美术学院华东分院（中国美术学院前身）改名为浙江美术学院，潘天寿担任院长，此年他创作了与诸暨相关的画作《圆畚箕》，虽说题材似乎有些俗气，但构图与技法却不俗，显得别具一格，画中只有一只粪箕与一把粪铲，题款穿插其间，内容为："一只畚箕圆滚滚，大伯天天拾狗粪。畚得狗粪数不清，畚得稻谷挑不尽。生产'大跃进'中诸暨民歌。一九五八年盛暑，大颐寿制。"1963 年全国开始掀起大规模社会主义教育运动，此年 10 月在潘天寿院长的精心安排下，浙江美院一百多名师生赴诸暨檀溪公社（现属赵家镇）开展社教运动，师生们被诸暨榧乡秀丽的山水风光所吸引，实地写生作画，画技大增，带队的国画系教师潘韵在其写生作品中题写道："相泉村口诸峰环抱，草木华滋。"而学生中诸如吴山明、陆秀竞、姜宝林等后来均成为知名画家。

文筆法既老波起浪伏相對活動愈看愈奇

路徊推名□其不知何許人善畫魚體致純古

劉仲懷山陰人元祐徙居諸暨善畫墨竹筆法師文

湖州

蒲永昇成都人性嗜酒放浪善畫水東坡嘗得其畫

每觀之陰風襲人毛髮為立

何霸不知何許人工畫船水其名尤著

支選不知何許人仁宗朝為畫院祗候工畫太平車

又畫酒肆邊紋繡樓子有分踈界畫之功無工

雜畫

趙裔不知何許人工雜畫蕪長道釋人物學朱繇用

夏文彦《图绘宝鉴》卷三《刘仲怀》

國初時吾暨有顧章侯者以好奇走四方以書畫雄睨一世
以逸民終越二百年而繼之者曰玉屏山人紫巖鄉人
也去章侯之鄉十餘里有山皆石望之如屏山人家其下卽
又不常居鄉之人不知山人也晚而交東塢郭生作玉屏山
人歌贈之始藉藉稱山人名山人少讀書不屑為經生業獨
好畫操其業數十年進於神解家可足衣食棄之橐筆游游
則北之燕南浮江淮達閩嶺以西徼而寓於杭所至喜其山
川瑰奇城郭人物都麗一一見之於畫畫則奄有諸家長為
古聖賢像為飛仙應真為奇女子為鬼物為珍禽異獸喬柯

《诸暨紫岩冯氏宗谱》郭肇《玉屏山人传》

丹青妙手

暨阳大地，历代不乏丹青妙手。

古有善墨梅的王冕，写竹石墨兰的杨维翰，有"北崔南陈"之称的陈洪绶，绘芦雁各有殊致的周杭，等等。近有擅画兰的徐淡仙、斯道卿，以墨竹蜚声于时的项雪汀，诗书画印并重的余任天，开陶瓷艺术之先的祝大年，擅中国画与水彩画的寿崇德，等等。

及至当代，上至耄耋老者，下至垂髫孩童，习画之风日盛，民间团体书画活动精彩纷呈，"书画之乡"名不虚传。

诸暨历史上尚有若干画家，他们虽画艺高超，却鲜为人知，有的甚至在诸暨历代书画家名录中也难找出他们的名字，现辑录其中的五位画家，通过文字的描述来领略他们在历代画坛中的风采。

刘仲怀·胸有成竹见姿致

刘仲怀，山阴人，元祐徙居诸暨，善墨竹，笔法师文湖州。

——〔元〕夏文彦《图绘宝鉴》

文同（1018—1079），字与可，又称石室先生，梓州永泰（今四川盐亭）人，北宋政治家、文学家、书法家、画家，曾任湖州（今浙江吴兴）太守，人称"文湖州"。苏轼为文同的表弟与挚友，在文同去世后，受命接任湖州知州。

文同善写墨竹，而苏轼则长于墨竹的理论研究，在苏轼的《文与可画筼筜谷偃竹记》中曾这样描述文同写竹的经验："故画竹必先得成竹于胸中，执笔熟视，乃见其所欲画者，急起从之，振笔直遂，以追其所见，如兔起鹘落，少纵则逝矣。""胸有成竹"的成语即出自此处。如此一来，文苏的墨竹艺术有了独特而成熟的表现形式，有完善的理论体系，有创始人，有领军人物，有传承者，有影响力，自然就形成了中国绘画史上的一大流派，史称"湖州竹派"。

刘仲怀（按：《光绪诸暨县志》作"叔怀"，元明清时期文献均作"仲怀"），山阴人，北宋元祐年间徙居诸暨，而成为其时的"新诸暨人"，曾师事文同，善写墨竹，是"湖州竹派"的重要传承人和主要成员之一，历代绘画史文献均有载录，如元代夏文彦著《图绘宝鉴》、吴镇著《文湖州竹派》、清代陶元藻著《越画见闻》等，而现代研究"湖州竹派"的学术领域中，几乎每位学者均提及刘仲怀。另据《浙江通志》载，诸暨翠峰寺后殿曾有刘仲怀所绘的墨竹。

在清代骆晋祺所撰的《诸暨赋》中有述："披墨竹之图，刘仲怀高风未没。诗咏伦卿轩里，喜逸思之频添；酒浮彦理亭中，冀晚香之未歇。七客寮老人寄兴，铁笛扬其清声；九里山哲士藏身，梅花写其傲骨。"将刘仲怀与王理、陈大伦、杨维桢、王冕等诸暨历史上的艺文大家相提并论，可见其在画坛的显著地位。

郑　璁·书画双绝写胜观

　　画《南屏胜观图》，波涛起伏，环拱广信郡治，极苍润秀雅之致，赋《南屏十二景诗》，自书于册，人称"双绝"。

——《光绪诸暨县志·阙访》

　　郑璁，字叔勤，系明时诸暨泰南凤山郑氏（现属浣东街道）族人，幼年即跟随伯父郑宏生活。

　　郑宏，字仲徽，明永乐十年壬辰贡生，曾任安庆府判官、饶州府和南安府同知。在江西任职期间，郑宏带着郑璁游览广信（今上饶），广信郡治信

江南岸有一脉青山，蔚然而深秀，东起东瓦窑村松树山、阿里山，沿玉山连绵逶迤至丰溪河畔，融山、林、江、寺为一体，称南屏山，现已辟为云碧峰国家级森林公园。面对如此胜景，爱好书画的郑璁拿起画笔，描绘下了《南屏胜观图》，画面中群山似波涛般起伏，环拱着广信郡治，用色苍莽秀润，极其雅致，又依景赋诗十二首，精心书写于画页后，装订而成《南屏胜观集》。

郑璁为人十分低调，不喜欢让人知道自己的德行、才能，回乡后便将《南屏胜观集》珍藏于箧中，秘不与人见，以致乡人很少有人知道他的书画功底。

直至后来，郑宏的曾孙郑天鹏，幼从叔祖郑璁学书，明正德八年癸酉科中举，其书名不俗，在任上时所书谕示，常被人偷走，再三手书，又复被窃，年过八旬，尚能作蝇头小楷，这样郑璁擅书画的名气遂为世人所知。巧合的是，郑天鹏所任知县的弋阳县，就隶属于广信府，当郑天鹏登上南屏山亲历其景时，就更加叹服叔祖郑璁笔墨之精妙，画技之高超，并顿生憾意，叔祖这样的精品画作见得太少了。后来郑天鹏每到此地，常常一待就是一整天不肯离夫。

金 玠·师从名家善写真

莽鹄立，号卓然，满洲人，官长芦盐院，工写真……弟子金玠，字介玉，诸暨人。

——《国（清）朝画征续录》

明清之时，随着利玛窦等西方传教士的到来，西洋画技法也逐渐在中国兴起，莽鹄立就是其中的代表人物。

莽鹄立（1672—1736），字树本，号卓然，满洲人，伊尔根觉罗氏，清康熙雍正时因画而优则仕，官至都统。其绘画工西法写真，纯以渲染皴擦而成，所绘人物神情酷肖，曾为康熙画像，传世之作有《允礼小像》，现收藏于北京故宫博物院，款署"果亲王御照，都统兼藩院侍郎莽鹄立谨写"，此外还有《执扇就座仕女图》等。

莽鹄立的弟子中就有一位诸暨人，他就是金玠，字介玉，《越画见闻》载："金玠，字介玉，诸暨人，善写真，尝游京师，从学于满洲莽鹄立……介玉得其传，故笔下较世俗精细十倍。"可见金玠的西洋技法十分娴熟，不亚于其师。此外，戎克《万历、乾隆期间西方美术的输入》一文中列举了其时知名的八位西洋画法画家，金玠即为其中之一，他除人物写真外，还"能林木山石"。又据《中国美术家大辞典》载，金玠于"康熙时游京师"。

在老师的引荐下，雍正十年金玠成了宫廷画师，据《清宫内务府造办处档案总汇》记载，正月十六日："首领萨木哈来说……着画画人金玠带应用物料伺候。记此。"闰五月十三日："本日，内大臣海望谕：今日有奉旨交画喜容，着做木正子二个，随画绢二块，并应用颜料，着画画人金玠赴都统莽鹄立处办画。遵此。"十六日："交画作副领催金有玉，据圆明园来帖内称，本日，内大臣海望谕：为画喜容，先传过画绢不足用，交该管处再行画绢二块，并应用颜料，仍着金玠赴都统莽鹄立处办画。遵此。"九月二十四日："内大臣海望谕：着将怡亲王值房后东厢房二间，收拾干净予金玠画画，遵此。"

同年，宫中还画了几轴二世章嘉像，赐给蒙古王子供奉，其中的面像即由金玠所绘。以至后来在绘制《雍正行乐图》画册的过程中，雍正曾这样吩咐画师道："今将章嘉呼图克图喇嘛形容画在中间再画几轴，其脸像着金玠画。其余佛像仍着中正殿画佛像人画。务须洁净。钦此。"可见，在绘制人物面部时，雍正非常看重金玠。

1929年美国费城艺术博物馆收藏了一幅《群山积雪图》，初以为是北宋画家许道宁之作，画面通过精细的晕染和明暗对比技巧，表现了高度的现实主义，而这恰是金玠的典型风格，画中的两枚印章也确证为其所作。

冯 懋·我生癖嗜画山水

国（清朝）初时吾暨有陈章侯者，以好奇走四方，以书画雄睨一世，以逸民终。越二百年而继之者，曰玉屏山人，紫岩乡人也。

——郭肇《玉屏山人传》

道光戊申年（1848）春三月，年过七旬的梁章钜应乐清县令蔡树琪之邀，决定前往心羡已久的雁荡胜景游览。

梁章钜（1775—1849），字闳中，又字苣林，号苣邻，晚号退庵，曾任江苏布政使、甘肃布政使、广西巡抚、江苏巡抚等职，政绩突出，深受百姓拥戴，是一位坚定的抗英禁烟派人物，也是第一个向朝廷提出以"收香港为首务"的督抚。晚年从事诗文著作，一生共著诗文近70种，其在楹联创作、研究方面的贡献颇丰，为楹联学开山之祖。

因其三子梁恭辰时任温州知府，晚年的梁章钜便在温州闲居。据梁章钜《游雁荡日记》载，此次雁荡之行，"于二十三日辰刻，挈两儿偕幕中画师冯芝岩懋、温州卫守府廖菊屏寿彭，同出城，泛瓯江，趁回潮东去。廖善诗，而冯善画，篷窗谈艺甚欢，而东风挟雨顶潮，其势甚厉，行至三江门，舟颇震撼，幸五人者皆素惯风涛，言笑自若"。随从中的幕府画师冯懋，就是诸暨紫岩（今店口祝家坞）人。

冯懋，字乐初，别号芝岩，自号玉屏山人，年少读书却不屑走仕途，独好画，以画为业数十载，曾遍游山川，北至燕地，南达闽岭，寓居温州、杭城等处。冯懋于画悟性过人，"进于神解"，又能集诸家所长，故山水、人物、花鸟均精，"清雄倜诡，不名一体"。

二十六日游雁荡行程结束，梁章钜便嘱咐冯懋"将所历各峰寺，亦顺其前后排次一稿，以为画长卷之粉本"；梁恭辰则作七律一首，其中有诗句："能诗能画皆仙侣，况复渊源沆瀣清。""仙侣"即指善诗的廖寿彭和擅画的冯懋；

我生二癖嗜 畫山水 辛丑春 三朱畫

梁章钜也作七言记游长诗一首，其中有"冯工绘事廖工诗，二客能从亦倜傥"之句。可见梁氏父子十分看重冯懋的画艺，梁章钜还让自己的儿子们"以兄事之"，清朝宗室奕湘任杭州将军期间，也慕名索画。

诸暨清代诗人郭肇比冯懋小四十余年，两人结为忘年之交，郭肇作《玉屏山人传》，将冯懋与陈洪绶并列而论。

清咸同间，世事纷乱，冯懋从杭州返回故乡，没过多久，战事波及诸暨，性情刚烈的冯懋不愿屈服，惨遭杀害。事平后，据说梁恭辰专程到紫岩，将冯懋的画作悉数收罗而去，再加上冯懋未有子嗣，曾自述"我生癖嗜画山水，聊借烟云写浩荡"的一代画师竟没留下传世之作，令人唏嘘。

戚　单·宝塔山下勤学艺

戚单，1919 年出生于浙江诸暨县。1945 年毕业于鲁迅艺术学院。曾先后任教于华北联合大学、华北大学、北京师范大学、中央美术学院、中央戏剧学院、北京艺术师范学院、北京美术学院。

——戚单《在鲁艺工作、学习、劳动》

跟许多进步青年一样，一个 19 岁的上海年轻人向往着延安，经过一番波折，终于在 1938 年到达了目的地。

这个年轻人就是戚单（1919—1992），诸暨后大村人（今属大唐街道），寓居上海。

到达延安后，根据组织安排，戚单被分配到医校学医，从小喜爱美术的戚单进校后，发现学医并不适合自己，于是提出了申请，希望能到延安鲁艺深造，此举得到了领导的同意，1939 年夏天，戚单如愿来到了鲁艺。

出于工作需要，学校安排戚单在出版科工作，第二年调入美术供应社，具体做木刻拓印工作，在这里戚单接触到了木刻，在印刷过程中也了解到了木刻的刻制过程及艺术表现技法，从而对木刻产生了兴趣。

1941 年，美术供应社并入美术工场，戚单接触到了诸如华君武、王朝闻、王大化等许多艺术家，还能阅览到许多国家的画作，苏联的版画给他留下了最深刻的印象，从而对木刻艺术产生了更强烈的兴趣，只要有空闲的时间就抓紧练习木刻，刻了又刨，刨了再刻，被同事戏称为"不断木刻论"。

同年秋天，戚单正式进入鲁艺美术系学习，开始接受正规的美术教育。1942 年 5 月，延安召开了文艺座谈会后，美术系响应毛主席提出的"文艺为工农兵服务"的号召，深入群众，深入生活，积极开展创作活动，这期间戚单创作了许多版画作品，如 1944 年创作的版画《学文化》《防旱备荒》《娃

娃上学去》等就是其中的精品。此外，戚单还积极参加南泥湾开荒活动，在全校劳模大会上受到了表彰。

从鲁艺毕业后，1945 年戚单任华北联合大学文艺学院美术系教员，后在华北人民政府教育部做教科书美术工作；1949 年在天津军管会文艺处担任美术工作；后历任北京人民美术工作室美术创作员，中央美术学院绘画系讲师，中央戏剧学院舞台美术系讲师，北京艺术师范学院和北京艺术学院美术系副教授、版画教研室主任，北京师范学院美术系副主任、副教授等职。

之為道士人須之而不可以去也其所以養於人也

視其鐺可以無媿矣予為之書其亦可以無媿焉慶

曆七年七月復興之歲月也

石門亭記

石門亭在青田縣若干里令朱君為之石門者名山

也古之人咸刻其觀遊之感係留之山中其石相望

君至而為亭焉取古今之刻立之亭中而以書與其

甥之壻王某使記其作亭之意夫所以作亭之意其

直好山乎其亦好觀遊眺望乎其亦於此問民之疾

憂乎其亦燕閒以自休息於此乎其亦憐夫人之刻

暴剥僵蹐而無所附暗閔滅乎夫人物之相好惡

必以類廣大茂美萬物附焉以生而不自以為功者

《临川先生文集》卷八十三《石门亭记》

145

粟守城臨陣破賊武功表著子希勳見忠孝傳

朱遷貴州前衛千戶少尚儒雅正統間李副使奇以將才薦不就王尚書驥征思仁至金沙江遇進利涉策驥用其言深器之班師授武德將軍署黃平所令肅政平兵民安堵

龔應龍綏陽人官鎮遠參將崇禎十五年叛苗圍興隆城幾陷應龍帥師援之城克全人尸祝焉

國朝

杜廣諸暨人順治十五年以歲貢來為知州當開創初撫字荒殘拮据六載心存仁恕不事刑威

《黃平州志》卷三《名宦》

146

万家生佛

宋时，著名的儒学家、史学家、政治家司马光被封为温国公，他关心国事、清廉正直，宋人有诗句称赞他："福星一路之歌谣，生佛万家之香火。"后来人们就以"万家生佛"来赞美受百姓爱戴的地方官。

诸暨历史上，同样有许多人，或因学而优则仕，或因品至正则荐，分赴各地任职，他们勤勉为政，廉洁奉公，为官一地，造福一方，深受百姓拥戴，政绩载录于方志、史籍之中。如明朝时，王旸，字孟晖，原任巩昌知府，因受遭诽谤而贬为琼州同知，别人都是"跂足待满而已"，只有他恪尽职守，"琼人至今称之"；骆珑，字蕴良，以进士擢潮州府知府，临行王阳明赠序以送，莅任时，"讼牒纷投，珑为曲直之"，每每断讼至深夜，幕僚劝其节劳休息，骆珑却以"耽逸其身而使民情不得上伸，君子不为也"以对；清时，楼绩，字尔成，号青城，以举人授良乡县知县，治县有方，百姓安居乐业，"良乡民爱绩如父，解任，民膳之。及卒，民祀之"；民国初期，东安（现属店口镇）潘瀛任毛目县知事，在任时捐洋办学、创设图书馆，离任时再捐小麦一百石，一半作存粮，一半充教育经费，临行时，毛目民众赠"万家声费"锦幛一幅，以作留念，等等。

类似的事例可谓不胜枚举，现再辑录历史上担任地方官的五位诸暨人，以"万家生佛"来褒扬他们，应该不为过。

朱　戬·父子继美

君至而为亭，悉取古今之刻，立之亭中，而以书与其甥之婿王某，使记其作亭之意。

——王安石《石门亭记》

宋代诸暨有一对父子，都为进士，又先后在同一地任知县，且均有政绩，一时传为美谈。

朱戬，宋元丰五年（1082）中壬戌明经科，同进士，官处州青田县令，上任后他在距离青田县城七十里的一处著名风景点——石门山，修筑了一座亭子，并把古今石刻收集于亭子中。亭建成后，朱戬写信给他的外甥女婿王安石，请其作记，王安石欣然写下了名篇《石门亭记》，收录于《临川先生文集》《唐宋八大家文钞》等古籍文献中。

《石门亭记》篇幅不长，题虽小而议论却大，作者先揣度建亭者本意，连设五问："夫所以作亭之意，其直好山乎？其亦好观游眺望乎？其亦于此问民之疾忧乎……"接着阐明了自己主张"仁"的儒家思想："广大物美，万物附焉以生，而不以为功者，山也。好山，仁也……古今之民者，其石幸在，其文信善，则其人之名与石且传而不朽，成仁之名而不夺其志，亦仁也。"即由亭及山、由山及景、由景及人、由人及政，无不体现"仁"字。这篇题记美篇传世至今，为青田山水增添了浓郁的历史韵味和人文底色，这不得不归功于近千年前的青田令朱戬。

三十年后，朱戬的儿子朱常又中了宋政和二年（1112）壬辰科进士，巧合的是他也被委任为青田县令。据《丽水教育志》载："青田县学。宋庆

朱戟任青田令
築亭於石門山王安石為
之記後朱常亦為青田令父子
繼美時人稱之
三朱畫

历年间在县东门外崇阜之巅创县学，元符间县令朱戬修建。宣和年间，朱戬子朱常任知县重修。"可见父子俩都十分崇尚文教。

正如《康熙青田县志·名宦》所载："朱戬，越州人，元符间莅政有声。子常宣和末复知县事，建学校，崇师儒。父子继美，邑人称以为难。"父子同地为官，且有政声，确实也是一件十分难得的事！

方 辉·体恤百姓

方辉，字自新，镒曾孙。洪武壬子，以孝行举，授齐安县驿丞，擢石首县知县。

——《光绪诸暨县志》

明朝初创时期，朝廷以推荐的方式向民间召集人才，这些人或以学识卓越闻名，或因贤良方正出众，经召试合格后，授任地方官员，诸暨白门义塾创办人方镒的曾孙方辉就是其中之一，他先以孝行而授予齐安县驿丞，后任石首县知县。

虽为地方父母官，但一向恪守孝道的方辉总是把百姓放在心中最重要的位置上。他在任上时，普通百姓由于困难而拖欠赋税，而上峰又不断催促，见此情形方辉十分同情，先是拿出自己的薪俸，再倡导富户捐赠，共得米达万石，除代为交纳赋税外，余下的九百石充入义仓，遇到荒年用于赈灾。

洪武三十年，朝廷派员核实与征收赋税相关的实数时，因县册稍有谬误而得罪了来人，方辉被抓，石首父老纷纷赴京城说情。第二年有大臣言及石首政绩，方辉不仅得以宽恕，还被破格提升为郧阳府知府。知府任上，方辉又多次"故伎重演"，因府郡遭旱灾，欠租达十万余石，百姓实在交不出粮食，于是方辉上书要求以钱币代租，得到了批准；属地中上津、竹山是二个贫困县，而租税却与其他地方相同，方辉上奏后减少了一半；不久，因中原交战，朝廷派员征收军费，因郧阳府本来就是为处置鄂、豫、陕流民所建，方辉实在不忍心再增加百姓负担，于是自请囚禁，使臣一开始很恼怒，后来被方辉的义举所感动，答应所交赋税比其他郡要少得多。

后来方辉北上赴京城"汇报工作"，途中在一个叫龙江的地方不幸去世了。

杜　广·廉循称首

杜广，诸暨人。顺治十五年以岁贡来知黄平州……殁仅布衣一袭，醵金买棺，以其余赙赠，榇乃得归，为廉循称首云。

——《黄平州志》

查阅《光绪诸暨县志》，无论是"人物志""科第表"篇，还是"仕籍志""阙访"栏，均未见有"杜广"之名录。而在《黄平州志》《镇远府志》《滇黔志略》等古籍文献、现代《黔东南人物》一书中，均有收录，且明确杜广为"诸暨人""浙江诸暨人"或"江南诸暨人"。

《黄平州志》给杜广作传虽仅百余字，却把一个廉洁奉公、鞠躬尽瘁的地方官描绘得十分生动而形象。

清顺治十五年（1658），杜广以贡生的资格来到黄平州（今贵州黔东南苗族侗族自治州黄平县）担任知州，时值清朝初创时期，再加之地处少数民族偏远地域，环境之恶劣、生活之艰辛是可想而知的，作为地方父母官，杜广的生活也极俭朴与拮据，在任期间吃的是糙米，穿的是粗布衣服。推己及人，杜广十分体恤州民，重视"扶贫工作"，抚慰老弱病残；施行仁政，待人亲和，不拿刑律与官威压人；每当有赋税征收与徭役分派任务下达时，他总是先召集众人商议，听取合理化的建议，确定初步方案后，如百姓乐于接受，才加以实施。

杜广在黄平勤勉任职六载，终因积劳成疾而卒于任上，听闻噩耗，州民自发停止一切商贸活动予以悼念。因为官清廉，杜广入殓时也仅穿着一袭布衣，连棺材也是由百姓捐钱购买的，所捐款项承办丧事尚有结余，这才将棺木运送回故乡安葬。

杜广堪称廉洁循良之典范！

蒋毓英·治台有方

> 将去之日，全台如失怙恃，三老子弟咸肖公之像而尸祝之。四库桃李，尽出公门；崇报之心，尤深窀穸。属余记之，以永去思。余故部民也，蒙麻志德，与台士等，其曷敢辞？公讳毓英，号集翁，籍虽辽左，实浙东诸暨人。
>
> ——李光地《台湾郡侯蒋公去思碑记》

明代，诸暨三塘（现属诸暨市次坞镇）蒋氏出了一位著名的武将，他就是蒋贵（1380—1449），字大富，初为燕山卫卒，因武功卓著，由都指挥佥事、同知，升都督同知、任总兵佩将军印，后又晋封定西侯，卒后封泾国公，谥"武勇"。到明末清初，其后代有名叫蒋世瑚的，字隆山，顺治元年（1644）随清兵入关，隶汉军镶蓝旗，寄籍于河北固安县。其孙蒋毓英，则举家又迁于河北满城县杨家佐村，初任登闻院七品文书、刑部六品文书，再任温州府同知、福建泉州府知府。

康熙二十二年（1683），在督抚的举荐下，蒋毓英成为清时首任台湾知府。

初至台地，满目疮痍，百废待兴，台湾新邦不同于名港泉州，蒋毓英认为："治残黎，如治瘵焉。凡病瘵而急攻以石液，气弱精耗，奄奄然不胜石与液之功；孰若逸其四肢、节其饮食、淡其忧虑、摄其气息，优游以待邪去元复之为愈乎？"他在官舍边上筑了一个草堂，题额"安拙"，寓意为"才以安繁剧，而拙所以安新附"，在当时的情形下，不求恃才练达而建惊天动地之功，也不宜设立严苛的规制以束缚手脚，抱朴守拙、踏实仁慈，当为治台之策。

于是蒋毓英信守着这样的理念，着手开展工作，先是关注民众疾苦，招集流民，安居乐业；然后深入荒山僻地，披荆斩棘，划分好台湾、凤山、诸罗三县地界；再捐俸设立府学、社学、义学，聘师督课，以文教化；首次主

蒋毓英
清首任
臺灣知
府治臺
有方
三味畫

持编纂《台湾府志》，成为研究台湾的一部重要文献。很快三年任期已满，蒋毓英本该迁为湖广盐巡道，但在台湾民众的一再告留下，朝廷准奏，蒋毓英再连任台湾知府。至康熙二十八年（1689），蒋毓英两任期满，擢江西按察使，离台之日，民众恋恋不舍，数千人奔走数十里相送，并将蒋毓英的像塑在他创建的书院里奉祀。

在按察使任上，蒋毓英同样政声卓著，康熙皇帝发布《蒋毓英并妻诰命》，表彰其"廉察一方，饬纪纲而执法；典司庶狱，适轻重以祥刑""居官勤属，用法宽仁""戢贪暴以六条，风行郡县；寓平反于三尺，泽遍方州"。康熙三十一年，蒋毓英再次回到了原籍地，担任浙江布政使。

七十余年后，乾隆二十五年（1760），又一位土生土长的诸暨人，高湖余文仪担任台湾知府，同样政声不俗。

陈国钧·情系菇民

照理一份劳力必有一份代价，而菇民之所以"劳而无获"者，实皆被重利盘剥，或为菇行巧取豪夺所致。如何请求菇货，大量分借菇民，如何针对时弊，免除菇行欺诈，皆需设立菇业协会的机构。政府应对其从长计划，切实支持，否则不足以挽回菇民的利润。

——陈国钧《菇民研究》

陈国钧，字孝怀，诸暨人，1915 年出生，毕业于上海大夏大学，留学于荷兰海牙社会研究院，社会学家。1938 年起任大夏大学助教、讲师，1943 年任国立中央民众教育馆民俗馆主任、国民政府教育部边疆教育督导专员兼中华大学、沪江大学、之江大学、东吴联合大学副教授。1946 年任浦江县县长，1947 年任庆元县县长。1949 年赴台湾，历任花莲中学校长、

陳國鈞
曾任慶元
縣長情
繫菇民
三朵書

万家生佛 155

中兴大学教授。著有《贵州苗夷社会研究》《贵州苗夷歌谣》《台湾土著社会研究》等。

在菇农占大部分人口的庆元县任职期间，陈国钧十分关心菇业的发展状况，1948 年他撰写了一篇论文，题目为《菇民研究》，全文共分十二个章节，除介绍蘑菇的品种、栽培方法外，陈国钧还特别关注了菇农的生存状态，文中这样叙述道："每当冬初黄叶飘零之时，我们常见浙南的龙庆公路上，蜿蜒着一群形容枯槁、鹑衣百结的队伍，他们有的挑着漆黑饭锅，有的挑着状如流苏的破棉絮，有的背上负着沉重的包裹，有的手提着褐色的篾篮，老的、幼的、男的、女的，拖着那沉重的脚步，这便是菇民们走上菇山途径的一瞥。"对菇农的同情之意数次溢于言表："与菇民语及此情，必声泪俱下，嘘叹无慨，终至不知所云。"同时提出了改进菇业和改善菇农生活的若干意见，呼吁政府重视菇业，加大扶持力度，设立行业协会，建立标准化、规范化的运销渠道。

陈国钧的《菇民研究》一文已成为当今研究菇业的重要文献，在 2013 年出版的《中国香菇栽培史》一书中，作者香菇专家张寿橙将此论文全文转载，并加了编者按："他（陈国钧）深知菇民疾苦，提出改善菇业，并为菇民请命，言之凿凿，情之切切，令人感动。身为一县之长，能写出如此饱含深情厚谊之论文，实乃中华香菇史上一件不平凡之大事。"同时将陈国钧与张华、王祯、刘基等并列为"中国香菇著名历史人物"。

1990 年庆元举办香菇节时，张寿橙曾托台湾朋友约请陈国钧参会，遗憾的是未能成行。

行

一生六成曰雲曰泉同體異名在蒙之貞在屯之每其流之

筞以銘質殊以題其微在洗我耳仰柯龍耳俛以九思死彼怡心顏如藍鹘溫頤何溢其滔幽滔生人不見詩貞白依江雲舊漢滿山霜邊谷湮报泉間

林壑清輝在流子里白鳳山下元徵士吳鏺別業草廬先生張辰

署此四字中分八景曰蒼蘚壁曰白雲磴曰慈竹窩曰茯苓窩

曰洗耳泉曰釣雪磯曰伏龍潭曰浴鷺沙諸名士題詠成軸詩

酒流連極一時之盛今廢　陳大倫林壑清輝詩并序之廬白鳳山中

張君請以林壑清輝之名署之且為之記仍萃八景若干楹西偏得覽

賓客請以林壑清輝之名署之若干弓遂築室凡若干楹以避風雨友人彥暉

游勝絕之所凡若干詩者賦於卷尾前凡首得以八景一首為八

名庶俾來十二首得以觀覽於卷尾題之記首以贈徵士後為帶溪長

凡賦詩一能賦者以賦於卷尾餘不題命敏

且食樂山鳥歌舞山花香茲龍仲陽鹿承日坐生美德此幽興長

遅乃洞若盧藏自君雖好治生富貴題事耕種依比石作梯傍石假尊酒滎

相往還慎勿倦迎送鹿門有龐公分題及有梁鴻賦什每觀高士傳誰賓客雲

者暨方宅志

之基也歟而其所以積而能散者實惟勤儉二字普體天心故義

行可以長繼而不窮也先是嘉慶六七年暨邑連荒凡捐賑得銀

二萬餘兩議敘者凡十八而以三千金首倡者阮撫軍也追道光

十二年捐造考棚亦得銀二萬餘兩議敘者三十餘人而以兩千

金首倡者翼聖公也以故受恩獎則錫以襄成賑務之扁蒙

國恩則旌以樂善好施之坊追至五世同堂乃得之於年甫七旬時此

聖世入璐

翁音所以再錫也其派下諸君為摩生京元者凡六人而次孫又以嘉

・慶戊寅恩科中式旋受仙岵教諭甲第自此始矣公又大造房屋

橙柱薄地不可以數計其所住本支者規模宏遠矣又為本鄉捐

立義塾并置田作室與夫禮聘師儒之法獨任其勢而精明強固

若行所無事者亦天性也公家具有山海之珍而公未嘗衣美

食又不好杯杓惟禮師友恤親故及為兄弟子姪考試文戰計則

轉餉不絕生平疏力所至山居不逢魁魅海運不涉風波而又

草滿庭榜花在座而公固歝然不自滿也公俾幹肥軀而美顙輯

《暨阳上林斯宗谱》赵杌《翼圣公家传》

门楣生辉

传统社会，筑造宅第颇有讲究，其中装点门面的门额就是一大特色，门额上书写的内容多为祈求安康的吉祥用语，如"紫气东来""喜气盈门""既安且吉""大展鸿图"等。

还有一类门额则结合氏族特点，为弘扬先祖功德、以激励后世而定制的。如诸暨赵家镇的兰台赵氏老台门的门楣上，常见"琴鹤家风"的门额，源自赵氏先祖、北宋诗人赵抃，当他进士及第后，在赴成都转运使任上，行装中只带了一琴一鹤，任职期间，为官清廉，卸任时带走的仍只是自己的一琴一鹤；杨氏多用"清白传家"的门额，则出自汉代大儒杨震的"四知"典故；蒋氏的"三径家风"门额，则传承了汉代蒋诩急流勇退、归隐田园的遗风，等等。

此外，历代文人多为风雅之士，或孤傲自赏，或寄情山水，或直抒胸臆，自题或请师友题写匾额，悬于书斋、别业等处。

还有宗族内或因盛世人瑞、数世同堂，或因保家卫国，或因忠孝节烈，或因乐善公益，或因科举兴盛，而受到地方表彰或朝廷钦旌，褒奖之词题刻成牌匾，陈列于宗祠之内，以显族属荣耀。

盘谷子·林壑清辉

白凤山下吴征士仲阳，甫于所居之西偏得览游胜绝之所，凡若干弓，遂筑室凡若干楹，以避风雨。友人彦晖张君，请以"林壑清辉"之名署之，且为之记。

——陈大伦《林壑清辉诗并序》

吴镱，字仲阳，人称盘谷子，为孝义流子里（现属东白湖镇）吴筠西老人之长孙，承好义祖风，喜交四方贤士，曾奉祖父之意前往浦江郑义门郑贞和家，获取《义门家范》，归后仿效，五世数百人同灶，他曾经这样对叔父

吴康说道："世之人骨肉相夷，良由趋利之日深，而昧于道义，今幸有所承，愿尽出私财，示后子孙，永永无分异。"

时值元明之交，世事纷乱，社会动荡，素闻吴氏祖孙好义之德，名流大儒纷纷避乱于流子里，元明时期的诗文大家宋濂带着郑义门郑彦贞兄弟，也来到了流子里避难，吴镱将自己的家腾出来作为宋濂的居所，此宅后称宋文宪寓斋。

为了更好地接待宾客，以供风雅的友人们吟诗赋词、对歌饮酒，吴镱特地在流子里白凤山下找了一处景致极佳处，建造园林式的别业，内有八景，分别为苍藓壁、白云磴、慈竹窠、茯苓窟、洗耳泉、钓雪矶、伏龙潭、浴鹭沙。与王冕同里的友人张辰，字彦晖，为唐代名孝张万和后人，才大气刚，南归后的王冕对张辰说："黄河北流，天下且大乱，君抱济世才，盍出而澄清之。"足见其才华不俗，后被绍兴知府唐铎聘为郡学训导。张辰曾为吴镱的别业署了"林壑清辉"四字，从此这座宅院便有了一个很有诗意的名字——林壑清辉馆。

宾客们在此处以景为题，觥筹交错，吟咏作诗，流连忘返，可谓盛极一时，所咏之诗作汇成一卷，这其中就有陈大伦诗作。陈大伦，字彦理，通读《易》《春秋》，专攻古文辞，学业精深，元明相交时诸暨改为诸全州，此时陈大伦正避居东阳，栾凤知州将其迎还，并以师礼相待，后栾凤被杀，陈大伦避入流子里。在《林壑清辉诗并序》中，陈大伦作诗十二首，前四首赠予主人吴镱，其中有诗句："宾客相往还，慎勿倦迎送。"吴镱之好客与馆舍之繁荣跃然纸上，后八首则分别以上述八景为题赋诗。

余一耀·古之学者

介行矩步，钝口聱容。不喜见膻热贵游，亦不喜赴读法乡饮礼。宝应朱公界陶宰暨邑，请见数四，终不得，颜其斋曰"古之学者"，高风可想见矣。

——许汝霖《中翰如斋余公传》

明末至清时期，诸暨高湖余氏自余纶、余缙兄弟先后会试中式始，其后科举代有人出，灿若星辰。

余一燿，字毅昭，号如斋，系明崇祯癸未进士余纶长子、清顺治壬辰进士余缙之侄。在父辈们的熏陶下，年少的余一燿十分勤勉，通晓六经、四子及左史八家文集，读书追根究底，务求精深，弱冠时已名噪一郡，康熙二年癸卯正科中举，康熙二十一年壬戌科会试中式，后考选为内阁中书，深受朝中大臣真定梁清标、宛平王熙、桐城张英等人器重，视其为"国士"。正当余一燿可以选补官职、施展身手之际，不料眼疾发作，便毅然决定告归还乡，临行时，大臣们不无惋惜地执着他的手安慰道："虚位以待子来。"

这一离去，余一燿再也没有重返仕途了，就在高湖安心地住了下来。退隐老家后，余一燿性情淡泊，睦亲孝友，毫无官宦张狂之陋习，却恪守传统文人之规范，"寒暑不去衣冠，一室独处无跛倚状，絮语不加于童仆，恶声不及于犬马"，不结交显贵，不赶赴盛宴。时任诸暨知县的江南宝应人朱宸（字界陶），也是一位诗书文俱佳之士，闻余一燿之名，多次前往访问，却始终未得相见，面对这位读书力追古人、节气不下古人的高士，朱宸还是欣然为其斋室题写了"古之学者"的匾额。

有其父必有其子，余一燿之子余桂昉，字丹植，康熙四十一年壬午正科举人，"恂恂循谨，自幼无纨袴习"，两赴会试不中，又因父母年事已高，身为独子，"遂泊然进取，朝夕承二老人欢"，在湖渚构筑精舍，潜心读书，"屏绝外事"，"足迹不履城市"，"与人交惟任真率素，眼不作青白，口不挂雌黄……虽甚狡狯亦感其忠厚矣"，足见其古朴有父风。

边寿氏·清节慈晖

自思既不克扬名显亲、图报罔极，惟默祝彼苍永享遐龄，得久侍萱庭为足慰耳！岁庚寅，涪陵周海山先生视学两浙，以"清节慈晖"四字题旌母氏，今书屋仍以"慈晖"为名。

——边朝京《慈晖书屋记并诗》

边朝京，字璜滨，号锦堂，同山边村人，据《暨阳同山边氏宗谱》载："（边朝京）生于乾隆戊辰年二月十八日"，其父"朝千二百三，讳永烈，字象武，邑庠生，学名镐，生于雍正甲辰年正月初十日酉时，卒于乾隆丁卯七月三十日巳时，娶唐仁太学生寿维新公之女"，也就是说，自幼多病的父亲去世时，边朝京尚在母亲寿氏腹中。

边镐离世6个多月后，边朝京才呱呱坠地，这给处在悲伤境地中的边家带来了希望与欢乐，母亲寿氏更是尽心竭力地抚养与培育他，边朝京在《慈晖书屋记》中这样记述，边氏祖宅步云楼一直以来是父祖辈读书之所，一向节俭的寿氏考虑到与邻家杂处，人声喧嚣，影响到儿子读书，于是拿出家中所有的积蓄，再典当衣物首饰，在离祖宅不远处购得一处僻静小院，并加以修葺，边朝京"危坐其中，凡一切纷纭蝟务悉置之隔膜，风雨鸡鸣，青灯黄卷，静极神清，洵可乐也"，寿氏之举堪比孟母择邻。年少的边朝京读书勤勉，果然不负母亲所望，以"麟经毛诗"补国子生，弱冠后屡试乡闱却不得志，母亲总是这样安慰他："人生功名，后先有定，何可因屡黜而挫志乎！"

虽然边朝京最终仅获钦授乡贡进士之功名，可其文名却不俗，著述颇丰，著有《孺话集》《拙迟集》《褪英集》《赘语》等行世。边氏母子更以母慈子孝而为人称道，边朝京曾作《慈晖楼诗七章》，由衷地表达了对母亲的感恩之情。

时任诸暨教谕的傅楠、县学训导王荣绂将寿氏事迹呈报于浙江学政周煌

（号海山），学政以"清节慈晖"四字牌匾予以嘉奖。

斯元儒·乐善好施

道光十二年捐造考棚，亦得银二万余两，议叙者三十余人，而以两千金首倡者，翼圣公也，以故受宪奖，则赐以"襄成赈务"之匾，蒙国恩则旌以"乐善好施"之坊。

——赵机《翼圣公家传》

建于清嘉庆年间的斯宅斯盛居，俗称千柱屋，因其"楹柱着地不可以数"之宏大规模而闻名遐迩。筑造者斯元儒，字翼圣，以善于经营竹、木、茶等业而富甲一方，为其时"浣东四家"之一。关于斯元儒的经商之道，赵机在《翼圣公家传》中作了这样的概述："公有茶局在浣东，每于二三月来县，机家时亦住浣东，故得常时款接，领受清海。已而茶务毕，督令封箱上舱，嘱干办者运至辽海，公又随即还山，凡木厂竹坞，一切田园，逐项分理，又知人善任，人弗敢欺。五行百产之精，盈仓满坞，而明年茶标南回，计簿上又获利无算。"

致富不忘公益，清嘉庆六、七年间，诸暨连年灾荒，在阮抚军首捐三千两银子的倡导下，八十多人纷纷响应，这其中也包括斯元儒，共捐得银子二万余两；道光十二年，诸暨建考棚，斯元儒首捐二千两银子，三十余人积极参与，捐银共计二万余两。为表彰斯元儒两次慷慨捐银的义举，当局者先为其颁发了"襄成赈务"的牌匾，后又允许其奉旨建造"乐善好施"的牌坊。也许对于普通百姓来说，上千两银子是一大笔巨款，而于富庶的斯家，或许不值一提，更是出于斯元儒"歉然不自满"的个性，因此在其有生之年未"准旨"建坊。一直到斯元儒离世近八十年后，1910年，其曾孙斯迟香为弘扬

斯宅斯元儒樂善好施曾孫建石坊以彰

庚子三采書

先祖善举，请光绪己丑进士孙廷翰题书、梅岭傅振海撰文，在斯宅溪边青龙山南麓的一处崖壁上镌刻了"乐善好施"石坊。

石坊上有这样一副楹联："活十万户饥民不让义田种德，庇廿四乡学士允称广厦树功"，这是对千柱屋主人最好的褒奖。与人工建造的牌坊相比，这天然的石坊将会存世更久远。

汤鸿焘·树人百年

其族人筹办族学，（汤启祥）公力襄其成，曾为业务校长凡三年，虑常年经费之无着也，乃商之房众，将应得庠产一部分移充该校经常费；虑房下子弟之失学也，将全部庠产改充学田，所入租息除补助族学外，悉充本房子弟入学之费。

——蒋志澄《汤启祥公暨德配金孺人合传》

诸暨全堂汤氏珍藏着一块题匾，由近代教育大家经亨颐先生题写，上书"树人百年"四个大字，可谓精准地总括了汤氏耕读传家的氏族特色。

全堂汤氏自元初由始迁祖汤好问开族以来，向来重视族中子弟的学业，族人捐资助学之风日盛，清乾隆元年汤聘高中进士，并历任江西学政、布政司使，升湖北、江西、云南、贵州巡抚，更为族属增光添彩。

民国肇始，新学渐兴，全堂汤氏就读于师范并从事教育的人员更是比肩接踵，成为其时教育界之翘楚，如：

汤鸿焘，民国时期实验教育学家，曾被国立中央大学聘为心理学系襄理员，后任省立杭州师范学校推广部主任，民国二十七年（1938）负责筹设杭师附属小学，并担任该校校长。悉心研究心理学，撰有《教育测验》《教育统计学》《小学书法之心理》等教育专著与学术论文。

全堂湯氏耕耘杏壇代有人出
經亨頤為之題匾樹人百年
庚子歲末三未畫

树人百年

　　汤少棠，毕业于浙江两级师范体育科，曾执教于省立第五中学，北京大学文学士、曾任民国时期四川教育厅厅长和重庆市市长的蒋志澄即为其时汤之学生，蒋志澄这样评价先生："（澄）曾在该校肄业，面命耳提凡四学年，先生对体育研讨有素，讲解详明，闻者颇易领悟，同时受业者三百余人，靡不中心悦服，信仰有加。"汤少棠后与刘海粟、刘质平、丰子恺、姜丹书、潘天寿等艺术大家同事于上海美专，并担任辅导主任。

　　汤兆裕，国立浙江大学工学士，化工专家，曾留校任化学系助教，抗战期间为四川水泥厂化验室专家，后赴台湾，为浙江大学台湾校友会理事，并任台湾嘉新水泥厂厂长。

汤兆恒，教育家、传记作家许寿裳长婿，毕业于国立浙江大学电机工程系，曾任国立广西大学电机系教授。

时至当下，全堂汤氏后人承袭族属优秀传统，耕耘杏坛，乐育桃李，他们中有：汤洁仁、汤一、汤中、汤慧龙、汤恭煜、汤牧雁、汤赵龙、汤骥、汤晓幸……

全堂汤氏，树人百年，实至名归。

○○○○○○

……人懇母之鷄，亦遭死，其餘十家九瘟，將蔓開全城云。

人介意

訟案

盜桑葉

不起訴

保和牽毆猛毆頭傷，料如相永养等二人，脂城內，向縣府訴保等七八（連偵波七趙安鍾念八娜亦在內）右，今李子出產顏富，惟市價每斤不過五分左右，黑夜竊盜永养之桑葉，登門竊兒等情，縣府據報，今派軍巡隊五名，每斤價在二分之鄉云。

本縣著名水菓

南鄉花紅運銷滬杭

▽▽▽李子產量亦頗豐富

▲▲▲每日出產百擔以上

本縣南鄉邱村，為村裏陳外陳一帶地方，出產花紅一物，往年運銷滬杭，膾炙人口，現值仲夏之際，該水菓花紅植物，正值成熟可口之時，近日來裝伴運銷滬杭者，日在百擔以上，惟市價每斤不過五分左右，今年李子出產顏富，每斤價在二分之鄉云。

孟慶信狀批：狀悉候撥發命令派員查封此批
張步典狀批：狀悉據領戶册及魚鱗家册各一本宗譜九本查案相符仰即共同來領此批
陳棠命其於二十日內照制履行如不依限履行再派員查封其三分之一之租貸椰利第三審裁定皆及收據清單均存此批
資達執行命令於貸務人……

《诸暨国民新闻》1936年7月8日简讯

嘉泰志山梭布亦出于諸暨頗須厚價故難售惟貴介公子厭紈綺者獨嘉取之。

蛤蚧亦蛙之屬狀如守宮一雄一雌常自呼其名諸暨山谷間有之捕者必以月之

上寅不然往往藏穴中不出鷦鴣蛤蚧郡志皆稱諸暨山間所有。

梅水邊籬落居不擇地惟十里梅園族處爲繁自古博嶺至楓橋三十里間以梅樹

爲生率探青梅火薰之使黑謂之烏梅性極歔其黑而不澤者以爲藥品其澤者染

坊市之以染大紅深紫梅熟而黃者以爲梅醬佐杯盤青者以爲梅鹵和井泉以爲

飲止暑渴青之大者去其核以爲糖毬青黃之半者以爲梅乾雜之薑絲蘇葉以治

風寒之疾花事不詳予十里梅園記。

楊梅越中舊稱姚之燭溪蕭之湘湖今邑之紫巖亦佳品而巧溪嶺下東山者尤爲

雋異呂氏劍可者性嬾樹藝移枝接本用法而得法外意既親往湘燭湖中選擇第

一青條精心匹妃耘鋤灌溉又極經營慘淡每春秋佳日課兒曹刀鋸斨削除去蘇

痕蠹迹乃至畦徑清幽砌無剩草每至輒令人徘徊不忍去夏中珠實垂垂大者徑

冯至《允都名教录》卷二

允都方物

　　诸暨地域，兼容山川江河，地美水肥，加之气候适宜，岁多风调雨顺，素有物丰民阜之称。

　　诸暨所产，除九谷六畜、园圃之育外，山薮林泽之藏，更是品类繁盛、品质优良。早在古代，"诸暨三如"即如锦之桑、如丝之苎、如拳之栗，便已闻名于世；在清代诗人郭凤沼《青梅词》诗注中，有"邑中百货滋生，有'小湖广'之目"之说；以梨为例，产于诸暨各地的品种极为丰富，据《嘉泰会稽志》载："诸暨乌程之蚤稻梨、满殿香梨、廿两梨，孝义之蜜梨、雪梨，白水之黄匾梨、黄麚梨，前塘之赵拗梨，上金之麻庵梨。"至民国时期，诸暨产梨的品种有：花蒂、长柄、菊花、甜梨、霉水、金丝、灯笼、短柄、金霉、大屁股、白樟、黄樟、白霉等等。

　　传统社会，诸暨除盛产稻麦等主粮外，生长于山坡、田野的一些植物，即现在所称的经济作物，曾经给农家带来了额外的收益，尽管现在它们中的大多数已经淡出了人们的视线。在此回顾历史，介绍其中的五种作物（或它们的加工品）。

花 红·小个子有大能耐

本县著名水果南乡花红运销沪杭。每日出产百担以上（李子产量亦颇丰富）。本县南乡邱村、马村、里陈外陈一带地方，出产花红一物，往年运销沪杭，脍炙人口，现值仲夏之际，该水果花红植物，正成熟可口之时，近日来装件运销沪杭者，日在百担以上，惟市价每斤五分左右，今年李子出产颇富，每斤价在二分之数云。

——《诸暨国民新闻》1936 年 7 月 8 日简讯

花红是一种蔷薇科苹果属植物，果实球形，极似缩小版的苹果，因此俗称小苹果，别称沙果、文林郎果、智慧果、林檎等。

花红曾经是诸暨一大特产水果，在物流尚不发达的农耕时代，完全可替代北方产的苹果，比较杨梅、樱桃等水果，花红颇耐储藏，其价格也贵数倍，可以这样说：至少在清至民国早期，花红是一种名贵的水果。清诸暨学者冯至在其《允都名教录》中有具体描述："北为苹果，南为林檎，邑人谓之花红。邑迤东而北，泰南泰北，数十里间园林相望。其始纯青味濇，实不可食；过时则色微黄而实如棉絮，味同嚼蜡。独青黄之际，微觉红酣，则丰韵幽深，最宜含咀，抱病者食之，无后患。特比樱桃、杨梅之属，颇耐担延，而价昂数倍。"《诸暨民报五周纪念册》亦有载："花红，苹果之发种，为暨邑特产，出陶朱、山下赵、邱马村、里外陈等处，每家所值有至三百余元者。现银一元，约四斤许。"由此可见，对于产地的农家来说，售卖花红所得是一项重要的经济来源。

到了民国中后期，花红产量进一步提升，并逐步远销杭州、上海等地，但由于人们可供选择的水果品种不断增多，花红的价格有所下跌，但仍高于李、桃等其他水果。《诸暨国民新闻》报除上述报道外，1937年6月15日也刊出了题为《南乡著名水果花红昨上市》的简讯："本县南乡邱村、马村、里陈、外陈一带地方，所产花红，为数颇多，销售沪杭京汉各埠，脍炙人口。兹悉该处出产花红，已行将成熟，昨日本城各水果行如周隆兴、郑合兴、昇大等，皆有花红新货上市，售价每担五元左右，大约二周后，大旺特旺。"

如今，人们的物质生活极为丰富，个儿大味美的优质苹果也成了很普通的廉价果品，似乎更难见到花红娇小的身影了。

漆　柿·我助名品耀百年

（王星记黑纸扇）扇的两面还涂刷多层浙江诸暨产的高山柿漆，使其日

允都方物
之漆柿
老字號王
星記扇莊
采用諸暨
產柿漆刷
塗扇面
以增牢固
度

辛丑夏
三木畫

晒不翘，雨淋不透，既可以取风，又可以遮阳避雨。

——吴秀梅《传统手工艺文化研究——以陶瓷、杭扇为例》

"王星记"是杭州著名的百年老字号，1875 年王星斋在杭城清河坊创建王星记扇庄，迄今已有一百四十余年历史，2008 年，"王星记"制扇技艺被列入"国家级非物质文化遗产保护名录"。

黑纸扇是王星记传统老牌产品，为杭扇中的一绝，选用的原材料十分讲究，扇骨采用安吉等地出产的竹筋细匀的毛竹，扇面采用於潜、昌化等地出产的质地细韧的桃花纸，为了增强扇面的耐用性，需要采用诸暨出产的高山柿漆进行涂刷。

漆柿也称油柿、青椑、野柿等，地处浙江中部的诸暨正是漆柿适宜生长的地域，诸暨山区野生柿树资源较为丰富，这为生产优质柿漆提供了充足的原料，诸暨绿柿即是独有的一种漆柿品种。据《光绪诸暨县志·志杂物》篇载："柿漆，青柿捣烂和水拌成，可漆纸作伞扇。"另据《诸暨民报五周纪念册》载："柿，有方柿、漆柿、牛心柿、野猫柿诸种。漆柿榨汁为漆，用途颇大，邱马村产最多。余俟熟食之，曰汪柿；渍以礬，曰礬柿；去其皮为脯如饼，曰柿饼；去皮晒干，藏食曰柿橢。"

由此可见，柿子除食用外，加工制作柿漆当为诸暨传统的特产之一，而作为生产制作名品的王星记扇庄，必定经过筛选，最后认定诸暨所产柿漆质最优，故择用之。

诸暨柿漆生产历史悠久，据 1993 年版《诸暨县志》载，1938 年前后，诸暨年产柿漆五千公斤，其中九成输出销往温州、金华等地；20 世纪 50 年代年产 260 吨，达到了产量的顶峰时期；此后则逐渐减产，至 70 年代，由于化学工业的不断发展，化工产品替代了传统工艺品，柿漆年产量锐减，并逐步退出了历史舞台。

乌 柏·蜡炬成灰却无泪

"汇昌"蜡烛采用诸暨柏油。柏树是一种落叶乔木，种子外面包着一层白色蜡层称"柏脂"，可制蜡烛和肥皂，种子可榨油。"汇昌"蜡烛制作精良，点时烛蜡融化成碗状，聚在中间，不会泄油。这也是清道光年间汇昌蜡烛能成为朝廷贡品的原因。

——《岁月留痕——口述余杭历史》

每到深秋，诸暨山野、房前屋后，随处生长着一种树木，树叶颜色极其丰富，呈现出不同饱和度红黄相间的色彩，煞是好看，是装点秋景最好的角色，远远望去，似乎就是一幅现成的风景油画作品。而凑近一看，树叶间还点缀着许许多多数不清的小小的白点儿，待到天气更冷，树叶开始渐渐凋落，但这些小白点儿还坚强地立在枝头上。

这种树叫作乌柏，树上的小白点儿就是柏树结下的果实，叫作柏树子。乌柏曾经是一种经济作物，它的树皮、叶子、果实均可入药，此外，它的果实还可榨油，制成涂料，黑色的果实外面包围着一层白色蜡质假种皮，是传统制作蜡烛、肥皂等的原料，诸暨早在明时就有利用柏油制作蜡烛的记载，据《万历绍兴府志》载："烛，以柏油制，甚坚，耐烧。"《光绪诸暨县志》载："柏油，俗呼白油，柏子所榨，制烛甚坚。榨其子为青油，用以炷灯。"诸暨清代诗人郭凤沼《青梅词》有诗："劝郎莫囤下江米，劝郎莫贩二蚕丝。秋深柏子门前熟，百斛兰膏清若脂。"诗注云："丝、米、柏油，尤甲于他方，贾人谓之'三白'。"即使到了近现代，诸暨柏树加工品的产量还是可观的，据1993年出版《诸暨县志》载，1985年柏树种植面积近七千亩，从民国元年至三十七年，年平均产柏油近五百吨、青油二十多吨；而1950年至1972年，年平均产量达千吨以上；1973年后产量开始下降，年平均产量仍保持四百吨左右，至1987年则为一百五十吨。

"汇昌"是杭城南货业的老字号，由清嘉庆五年（1800）陈、汪、裘姓三位宁波人在塘栖创设，汇昌南货栈拥有自己的作坊，蜡烛、蜜饯、糕点、藕粉"四作"是传统的四大拳头产品，这其中蜡烛的制作就是采用了诸暨出产的柏油，优质的原料确保了汇昌制作的蜡烛具有优良的品质，清道光年间还成了朝廷贡品。

梅　子·还留清香沁心脾

梅，水边篱落，居不择地。惟十里梅园，族处为繁。自古博岭至枫桥三十里间，以梅树为生。

——冯至《允都名教录》

诸暨自古就有植梅、赏梅、食梅之习俗。在文人的眼中更看重的是凌寒绽放的梅花，每当冬春之交，暗香浮动，就到了赏梅的好时节，举杯邀花，吟诗作词，不亦乐乎。"诸暨三贤"之一的王冕就是爱梅的杰出代表，他不但咏梅、写梅，还手植梅树数千株，"不要人夸好颜色，只留清气满乾坤"的赞梅名句一直传诵至今。

古代，梅树除零星散植于诸暨各地外，还有形成相当规模的成片梅林，最有名的当数绵延枫桥干溪长达十余里的梅园，素有"十里梅园"之称，枫绍古道穿越其间，诸暨的陈洪绶、姚文翰、余绍、郭凤沼、山阴的王濬……这些诗人骑着驴子，慢慢悠悠经过此地时，便会惊艳于这片美景，于是驻足尽情欣赏，留下了咏梅的诗篇。

梅花于文人是风花雪月、阳春白雪，农人们更关注的是梅树的果实——梅子，因为这能带给他们财富，每到初夏，就是梅子收获的季节，这场景冯至在《十里梅园记》中有生动的描述："生涯其中，不治别产。夏五月初旬，

悬青未谢，长者肩竹篮，把竿入园，剥击之声遥林四应，则绿珠垂垂，动盈钟釜。稚幼奔趋掇拾，以为欢笑。道左垂涎津津欲沫，而此中人，了不能下咽。"至于采摘下来的梅子如何加工食用，冯至也有具体的记载："荷归窗下，儿女喁喁，热炭燃煤，薰烧竟夕，入晓则望之如墨矣。""梅熟而黄者，以为梅酱，佐杯盘；青者以为梅卤，和井泉以为饮，止暑渴。青之大者，去其核以为糖球；青黄之半者，以为梅干，杂之姜丝苏叶，以治风寒之疾。"梅子加工而成乌梅、梅酱、梅卤、梅干，酸甜可口，生津止渴，可佐餐，可入药。此外用酒浸泡青梅酿制而成的青梅酒，闻之清香幽幽，饮之绵柔舒爽，可谓酒中佳品。

如今，十里梅园虽已消失，而斯舜厚老先生精心栽培的斯舜梅园，成为网红之地，诸暨又一个最佳赏梅之处，笔者虽数次前往，却仍游兴未尽，而更让人惊喜的是，还能品尝到主人精心酿制的青梅酒，口感十分纯正、清爽，令人回味不绝。

油 桐·遮风挡雨曾靠它

浙东多山，诸暨、金华、常山、江山一带，山坡阡陌，遍植桐树，居民恒采其子以榨油，故桐油业殊盛。

——程杏初《浙东物产纪略》

20世纪六七十年代，是我们的孩童时代，那时物质还匮乏，没有现成的玩具可供我们玩耍，于是就地取材，自己动手制作，这样各类自制竹木玩具就应运而生。比如，找来一段水车上损坏的龙骨和几块车板，就是小车的车架，爬到树上摘几个乒乓球大小的扁圆形果实，就是小车的轮子，组装一下就成了一辆简易的玩具小车，拉着这样的小车就能玩上一阵子。

乒乓球大小的扁圆形果实俗称桐子，是油桐树的果实，其榨制的油称为桐油，这是一种历史悠久的传统油料，具有极强的弹性、黏性及抵抗冷热潮湿、防止破裂的特性，还具备抗拒酸、碱腐蚀的能力，在传统农耕时期，桐油是一种十分重要的物资，它的用途较为广泛，在生产生活中随处可用到桐油，如制造油纸、油布、雨伞、雨衣；髹饰木船、房屋、竹木制家具，起到防潮防腐作用；还可用于照明，称之为桐油灯。随着近现代工业的发展，桐油又是工业制造的重要原料，可调制油漆、印刷油墨、绘画颜料、提炼汽油代用品、制造绝缘材料等。

　　诸暨曾是生产桐油的大户，据 1993 版《诸暨县志》载，民国期间诸暨年产桐油 3600 砠（一砠为 60 公斤），与其他地域出产的桐油一起成为出口的主要物资之一。至 1985 年，诸暨尚有油桐种植面积 1.32 万亩，主要分布在斯宅、绿化、水带、东溪、青山等乡，1987 年产桐白 40 吨。诸暨的俗语与谚语中也经常提及桐油，如"千杉万松，子孙受用；千棕万桐，世代勿穷""脚底抹桐油""口水流得像打桐油"。

　　现在再回老家，总想寻觅小时候满山遍野的桐树，拣拾几个桐子，却踪影全无。于是浮想联翩，在石油资源逐渐枯竭的现代社会，除不断研究开发清洁型的新能源外，像油桐之类的植物能源或许重新会成主角。

君蘊良朝覲南還將歸省于鄉余會于杭越
數日余適有事諸暨問君之廬而往焉則有
告者曰君卒矣余始以為妄中而驚終而哀
不能自勝遂弔哭于其家慰其尊甫封君焉
之恫忡不夷者累旬日鳴呼倏忽旦暮之間
而死生判焉路人猶不能恝然而況素相知
者乎既數月封君持其子壻馮秋官朋玉之
狀來請銘余方以公事碌碌辭不敢承命封
君復介余同官林君舜舉蕭君凌漢二年家

《半江先生文集》卷十四《明故中憲大夫广东潮州府知府骆君墓志铭》

得縱觀大內畫盡乃益進故晚年畫博古牌略

示其意章侯性誕僻好遊于酒人所致金錢隨

手盡尤喜爲貧不得志人作盡周其乏凡貧士

藉其生者數十百家若豪貴有勢力者索之雖

千金不爲搦筆也一醉酺顯者誘之入舟云將

鑒定宋元人筆墨舟旣發乃出絹素強之盡章

侯科頭裸體漫罵不絕顯者不聽遂欲自沉於

水顯者拂然乃自先去俛他人代求之終一筆

不施也以此多爲人詬厲年五十六卒於山陰

周亮工《读画录》卷一《陈章侯》

182

季友伯兄

　　诸暨民性，纯朴而刚直，重义而好客，古有"敏柔而慧，质直近古"之誉，今有"南人北相"之说。为人爽直，人乐与之交；为人仗义，人乐与之深交。

　　唐代宋之问在《饯湖州薛司马》中有诗句："交深季作友，义重伯为兄。"后以"季友伯兄"比喻人与人之间交情深、义气重。元明之交，杨维桢晚年居松江，与钱塘曲江居士钱惟善、华亭云松野褐陆居仁情趣相投、诗酒唱和，后同葬于干山之东麓，人称"三高士墓"；清代陈芝图，与山阴童钰、刘鸣玉相交谊，三人均以诗见长，号"越中三子"；20 世纪 30 年代初，陈范予与巴金在泉州黎明高级中学相识，两人从此结为挚友，陈范予的学识与生活态度对巴金产生了极大的影响，1941 年陈范予不幸英年早逝，巴金作《悼范兄》一文以志纪念，文中述："倘使我今天从我的生活中完全抽去了你的影响，则我将成为一个忘恩的人而辜负了死友的期望了。"

　　在此辑录历史上五位诸暨人，他们与友人之间，或为兄弟，或为同年，或为知音，交谊深厚，虽无惊天地泣鬼神之举，却也留给我们一段又一段佳话。

黄庭坚与黄庭育·昆弟相合

　　会稽黄渥，与庭坚皆出于婺州之黄田，七世以上失其谱，以年相望，与渥相近也，故复以昆弟合宗。

——黄庭坚《黄育字说》

　　黄庭坚（1045—1105），字鲁直，号山谷道人、山谷老人、黔安居士等，世称黄山谷、黄太史、豫章先生，是北宋著名的文学家与书法家，书法与苏轼、米芾、蔡襄合称"宋四家"，文学与苏轼时称"苏黄"，系宋江南路

洪州府分宁（今江西九江修水县）人，历任国子监教授、国史局编修、起居舍人、宣州知州、吏部员外郎、太平州知州等职，逝后追赠为"龙图阁大学士"，谥号"文节"。在他的文集《山谷全书》中收录有《黄育字说》一文，文中以兄弟相称的黄育系暨阳黄氏族人。

黄育，又名黄庭育，原名黄渥。其父黄宋卿，字公辅，官岳州蒲圻知县，因上书论进兵之策被宋神宗采纳，召试舍人院，除著作郎，后升比部员外郎。宋熙宁年间，黄渥受父荫谒选为著作佐郎，因此得与黄庭坚相识并交好。

据《暨阳花亭黄氏宗谱》载，汉孝子黄香传十世至黄苾，隋末避乱于浦阳（今浦江县），又传十六世至黄蒌于唐宣宗时归隐婺州（今金华）双溪，黄蒌之孙黄玭随同从弟黄玘父子同迁分宁县之双井，后黄玭再迁剡（今嵊州），黄玭之子黄惠于北宋时再迁诸暨之孝义，为诸暨黄氏之始迁祖，再传六世即至黄渥。由此可见，黄庭坚与黄渥确系黄氏同宗，论资排辈，两人为同族兄弟。

当黄渥根据传统惯例按同辈字第改名为黄育时，便问字于黄庭坚，黄庭坚欣然为他取字"懋达"，并作进一步阐述："今曰懋达，以配育名则宜，夫草木之茂，蕈蕈以劝四时，及其日至而立于成功之会，非深根固蒂、得其养故耶？……盖长育以达其才故也。"最后还对这位同宗兄弟表达了美好的愿望："懋达乎勉之：在邦必达，在家必达。"

值得一提的是，黄庭坚举世闻名的书法帖《砥柱铭卷》，一直流传至今，并于 2010 年拍出了超 4 亿的天价。而这名帖的保存曾两度与诸暨有关，一为南宋时期由金石学家、诸暨人王厚之收藏；二是元明长达两百多年的时间里，则为暨阳黄氏所收藏，首藏者为黄育第八世族孙黄瑨（字公直），在此期间，众多诸暨文人留下了跋文，如汀州知府俞偁、凤山陈洙、善溪何濵、芝泉张肃、会稽申屠环、黄应宸、郦希范等。

骆蕴良与赵半江·同年相友

越数日，余适有事诸暨，问君之庐而往焉，则有告者曰：君卒矣，余始以为妄，中而惊，终而哀，不能自胜。

——赵宽《广东潮州府知府骆君墓志铭》

枫桥骆氏，明清之期，科举捷报频传，可谓人才迭出、盛况空前。这之中，骆珑开了个好头，他于明成化十六年乡试中举，第二年又在会试中联捷中进士，此后骆骥、骆问礼、骆先觉、骆方玺、骆士骥、骆文蔚等陆续会试中式。

骆珑（1450—1499），字蕴良，明成化辛丑（1481）进士，与他同榜中式的有该榜状元、余姚王华（即王阳明之父），还有人称"半江先生"的吴江赵宽，于是同为江浙地区的名士，就结成了同年好友。

赵宽（1457—1505），字栗夫，号半江，历任刑部郎中、浙江提学副使、广东按察使，善诗文，著有《半江集》。在赵宽的诗文集中，留下了他们友情的见证，在浙江提学副使任上时，他便有机会来到了诸暨。也许因为这里有一个好友，所以在他的眼中此地风光显得格外秀美，不信？请欣赏他的诗作《诸暨道中》："山色朝来得雨新，船头争献玉嶙峋。人间图画应无数，谁信丹青自有真。"骆珑先后赴任湖广安陆州知州、潮州府知府，赵宽均以诗作《送骆蕴良知安陆州》《送骆蕴良知潮州》相赠。

明弘治己未年（1499）初夏，骆珑知潮已满三载，按惯例应当面见皇帝"汇报工作"，而潮州距京万里，况且在骆珑的勤政治理下，郡泰民安，按理也可免入觐，可他认为："远方之臣，舍是无以致其情，吾郡幸无事，可自安以欺吾君耶？"于是带着长子骆世荣走水路出发，途中长子不幸去世，即使路过钱塘时也没回老家，直接至京城觐见毕才南归，到杭州时与好友赵宽见了面，这才回家省亲。沿途劳顿，再加上长子的离世，到家后的骆珑一病不起，没几日就去世了，享年五十。

没过几天，赵宽因公事来诸暨，打听到骆珑老家住址，就顺便前去访友，却被告知骆珑已经去世，听到这个噩耗，赵宽开始以为是开玩笑的，因为两位友人不久前刚在杭州见过面，当消息得到证实后，他感到十分震惊，又极为悲痛，难以自制地悲叹道："倏忽旦暮之间，而死生判焉，路人犹不能恝然，而况素相知者乎。"于是急赴其家吊丧，安慰已经数日伤心不已的骆父，后应骆父之请，又为好友撰写了长篇墓志铭。

后来赵宽由浙江提学副使擢升广东按察使，六年后卒于任上，享年四十九岁。

陈洪绶与周亮工·道义相勖

章侯性诞僻，好游于酒，人所致金钱，随手画，尤喜为贫不得志人作画，周其乏，凡贫士藉其生者，数十百家；若豪贵有势力者索之，虽千金不为搁笔也。

——周亮工《读画录》

周亮工是陈洪绶的莫逆之交。

周亮工（1612—1672），字元亮，别号有陶庵、适园、栎园等，人称栎园先生，明末清初文学家、篆刻家、收藏家，江西金溪合市乡人。崇祯时官至浙江道监察御史，入清后历任县令、兵备道、布政使、户部右侍郎等职。生平博览群书，爱好绘画篆刻，工诗文，著有《赖古堂集》《读画录》等。

他们的相交可追溯至周亮工13岁时，那时周父文炜任诸暨主簿，周亮工与比他年龄大一倍的陈洪绶因笔墨结缘，两人同游五泄，从此结下终生的友情。崇祯十三年，陈洪绶第三次北上至京，中举后的周亮工也于次年谒选

陈洪绶
与周亮工
为莫逆之交
入清後復曾
於湖上老蓮繪
畫慶圖以贈相
勖道不同而
義不絕真
友也
辛旦秋
三未書

而来，两位友人再次相聚京城，并与金道隐、伍铁山一起结诗社，周亮工折服于陈的画技，而陈洪绶则喜爱周的诗作，惺惺相惜，交谊益进。在周亮工的《读画录》卷一"陈章侯"一篇中，以浓重的笔墨盛赞了陈洪绶的画技："人但知其工人物，不知其山水之精妙；人但讶其怪诞，不知其笔笔皆有来历。"这样的精准点评与溢美之词在文中俯拾皆是。"别无两日书三寄，书有千言又二诗""一日不见三寄书，那能一别一年余"，这是陈洪绶赠予周亮工的诗句，可见两人间的友情十分深厚。

明亡清兴之时，他们却走了两条截然不同的道路。陈洪绶眼见刘宗周、倪元璐、祁彪佳等师友纷纷以身殉国，便混迹浮屠，纵酒自放，一度削发为

188

僧，取号悔迟、老迟等；而周亮工则为首批出仕清朝的前明官员。道虽不同义却不绝，清顺治八年，周亮工入闽途经杭州，两人再次相见，陈洪绶作《喜周元亮至湖上》《寄周陶庵》两首五言律诗，并在一年左右的时间里作42件画作赠予周亮工，其中包含一长卷《出处图》，画面中两个不同时代的人物——诸葛亮与陶渊明相对席地而坐，巧妙的是周亮工与陶渊明同字元亮，以此画相赠，陈洪绶对好友的规劝之意不言而喻。

郭元宰与朱界陶·指困相助

> 故邑侯朱界陶先生以名进士作县，使气被劾，未得即去。先生馆之于家，侯既失官，资用乏竭，而意有所不可，借酒遣之，又性喜拉人共饮，极醉乃罢，日以为常，费皆给于先生，三年无倦容。
>
> ——石作砚《郭圣臣先生传》

清时，诸暨江东有一个大户人家，据《浣东南明郭氏宗谱》载："行新三百十二，讳元宰，字圣臣，号墨斋。"在父祖辈的经营下，至郭元宰时，家境极为富裕，拥有上千亩田，堪称暨邑首富，而"好施爱客乃其天性也"，先后捐祠田四十亩、捐学宫田百亩、捐义学田百亩，又捐两百亩田与房子，设立育婴堂。

此外，郭元宰还有两个爱好，一是爱马，所养之马必亲为剪拂，所蓄之马多为良驹；二是好画，擅作花鸟草虫，"穷尽其性情"，据说曾将一画赠予友人，挂于壁间，某天友人忽然听到"嘤嘤"之鸣叫声，而凑近一看，墙上只有郭元宰的一幅画作，虽然这只是传说而已，不过也可见他的画技之神妙。

朱宸，字勔儒，号界陶，江南宝应人，康熙丁丑进士，以诗与书见长，康熙辛巳年（1701）为诸暨令，在任四年，却因文人意气而失去了官职，一方面在任时他是一个清正的官吏，蓄积甚少，当然更重要的原因是丢了官职，也就失了颜面，所以卸任后他并没有返乡归里。郭元宰得知此情后，就以坐馆的名义把朱宬请到家里，而朱宬因为失官而心情抑郁，常常借酒消愁，不但如此，还常请人一起共饮，喝至极醉方作罢，郭元宰始终以礼相待，数年无倦容。

朱宬有个同年好友杨汝谷，时任浦江县知县，当他听说郭元宰的仗义之举后，特意拜访了他，并结为兄弟之交。杨汝谷来诸暨时，郭元宰为之作画，朱宬为之题诗，杨汝谷看了友人们赠送的画作，不禁感叹："郭画朱诗，可称双绝。"临别时，郭元宰还赠送了他一匹骏马。

徐志摩与何竞武·文武相融

> 我为摩惟一武朋友，不想竟为其最后分手之一友，一月来追想其临别神情，往往发呆。
>
> ——何竞武致胡适信

19世纪末，由于家庭的变故，一位年轻的妈妈带着襁褓中的婴儿，从盛产香榧的大山里，来到了赵家花明泉村，儿子从枫桥骆氏钟家岭分支过继给了檀溪何氏，所以人们有时叫他骆何垫，有时又呼他何垫。

没过几年，迫于生计，母亲又带着幼小的儿子从诸暨来到了海宁硖石镇谋生。在这里，何垫结识了比他小三年、当地首富的长孙独子徐志摩，两人缔结了一生的友谊。

何垫从硖石米业两等学堂第一期毕业后，入湖北陆军中学，后又入保定陆军军官学校第四期习步兵，并改名为何竞武。1917年毕业后分派到北洋军主力——毅军，历任步兵巡防、统领、骑兵旅长、骑兵司令、军参谋长，

徐志摩與何竟武
文武相融一生至交
堪為佳話
三米書

1936 年被授予国民革命军中将衔。

徐志摩从前身为开智公学的硖石高等小学堂毕业后，先就读于杭州府中学堂，毕业后先后就读于上海沪江大学、天津北洋大学和北京大学，赴欧美留学归国后任北京大学、光华大学、大夏大学和中央大学教授，成了知名的现代诗人、散文家。

尽管长大后，两人走上了文、武两条截然不同的道路，但这并没有影响他们间的交谊。1913 年，徐志摩在沪江大学《天籁报》第四卷第一号上发表了一篇题为《记骆何堃全谊事》的文章，详细记述了好友骆何堃为暴病而亡的朋友尽心料理后事的事迹，开篇即直入主题："吾友骆子，亢节厚谊，意气如云。"文中事件的细节叙述得十分细致，如同亲历一般。陆小曼与徐志摩结合后，因身体欠佳，未育有子女，何竞武就让自己的女儿何灵琰给他们做干女儿，小时候一直寄居在徐家。

1931 年 11 月 18 日，徐志摩因为赶乘次日飞机返回北平，就住在离南京机场较近的何竞武家中，两位友人彻夜交谈，第二天一早又一起吃了早点，徐志摩就匆匆赶飞机去了。这一去竟成永诀，徐志摩乘坐的邮政专机因遇大雾在山东境内坠毁了。

挚友英年早逝，何竞武十分悲痛，以至于从此之后与陆小曼断了往来，因为他总认为，如果陆小曼肯与徐志摩一起住在北平，这样徐志摩就不必在上海、北平两地跑，也就不会出事了。

一海宁人，一诸暨人；一富家子，一农家儿；一文人，一武将。徐志摩与何竞武，两人竟结成了兄弟般的友情，成就了一段传奇式的佳话。

長幼之節燕畢各咏壽放翁詩一章以歸是日蓋放翁生日也諸君子即爲詩以紀其盛辰也

逅序其始末以待來者

詩巢寄存明馮怡澹墓石小記

道光丁未鎭山一老圖得銘石於土中張君攜以歸逢見貽爲拓出讀之知爲明時良醫正馮

君怡澹及妻江氏兩墓銘一爲曾學士作一爲魏文靖公作馮本儒者以醫受知長陵江名門

女知書明大義教子力學臨沒戒用浮屠曾魏所稱當不諱也求墓不得謹存石於臥龍山詩

巢待他日訪其後人而歸之爲戊申三月宗稷辰記

龍山詩巢祀位記

山陰陳 錦菼卿

郡城倉帝祠故龍山書院也實郡廨西園遺址元楊鐵崖先生仿放翁書巢爲吟社號詩巢後

人即其地祀之而上泝有唐艤明代奉賀秘監方雄飛秦公緒陸務觀徐青藤五先生與鐵崖

爲六君子舊矣時代遷流滄桑迭見前輩宗芥輿公起而新之推廣祀位爲三楹中楹上祀六

君子肖其象次列先賢黃太冲以下二十二人漸增至二十九人左楹上祀西園十子次列吟

會諸賢二十有四右楹列明以來至今乾隆盛時諸巨公以次題名幾及四百人皆越風詩集

《续仓帝庙志》陈锦《龙山诗巢祀位记》

文篇

杭州蠶學館成績記　　　　　羅振玉

閏八月下

知杭州府事林公啟請於大府設蠶學館于西湖之金沙港以改良中國蠶業而挽回利權聘日本蠶師轟木長君及前島次郎君為教習聚生徒講授即三年於茲矣今年秋諸生學期滿授卒業證書學成者十有八人曰丁祖訓字仲夫諸暨人曰傅調梅字和義錢塘人曰宣有澤字丁舫諸暨人曰祝鼎字仲甯海甯人曰周式谷字容實諸暨人曰陳拜庚字恭藏新昌人曰陳之藩字世昌字介臣諸暨人曰陳翰字幹才諸暨人曰駱纘效字亦庠義烏人曰居世昌字季梅海甯人曰朱敏字勉行仁和人曰沈鴻逵字肇初海甯人曰呂汝本字昌甫新昌人曰陸寶泰字小亭錢塘人曰俞鴻鑒字湘賓新昌人曰郭庭輝字星樞福建人曰黃燮字杞南杭州人曰吳錫章字琢甫錢塘人皆貫通學理潛心實習就中祝君鼎尤精邃有巧思嘗病中國慣用之繅絲器太拙而西人繅具不用氣力者值昂不適於小蠶業家於是改良舊制別為新構製造箇

《农学报》1900 年第 120 期罗振玉《杭州蚕学馆成绩记》

各领风骚

诸暨历来文教昌盛，闻人辈出，他们勤奋好学，才华出众。

他们敢为人先，在历史上众多文人结社或雅集中，总有他们的身影，他们或为魁首，或为主干；他们求知心切，曾邀游于高等学府、新学殿堂中，而成就为时代骄子或学术专家。宋淳熙年间，朱熹在绍兴西园举办饮禊聚会，友人们纷纷带着自己的金石书画藏品参会，其中诸暨王厚之（字顺伯）所携带藏品最丰富，也最珍贵，朱熹见了极为喜悦，观赏之余，留下了许多序跋文，如《题〈兰亭叙〉》《题〈钟繇帖〉》《题〈乐毅论〉》等等；南社是辛亥革命前成立的革命文学团体，加入该社的诸暨籍人士有徐道政、陈无用、徐亚伯、蒋伯成等 15 人；在五四运动的影响下，诸暨学子徐白民、宣中华发动和领导了著名的"浙一师风潮"，并得到了同为浙一师学子的俞秀松、汪寿华的大力支持和积极响应。

他们在社团、学界、政坛不同的领域里各领风骚，展现着诸暨人特有的脾性和风采。

杨维桢·龙山诗巢

郡城仓帝祠，故龙山书院也，实郡廨西园遗址。元杨铁崖先生仿放翁"书巢"为吟社，号"诗巢"。

——陈锦《龙山诗巢祀位记》

"诸暨三贤"之一的杨维桢，素有"文章巨公、诗坛领袖"之誉，他也是中国古代著名的三大雅集之一的"玉山雅集"的核心人物，曾作《玉山雅集图记》一文以记，他还是越中诗社最早的创始人。

绍兴卧龙山西麓的宋代西园故址，前为仓帝祠，后为飞盖堂，即杨维桢结庐之所，因陆游曾有"书巢"，杨维桢遂仿其名称"诗巢"，他在此结交诗

友，吟诗作词，后人称为"廉夫诗巢"，又称"龙山诗巢"。

龙山诗巢自元末由杨维桢创设至今，已历时六百余年，其间在越中历代诗人前赴后继的传承下，诗社绵延不绝，并曾在清康乾盛世、民国期间等几个不同的阶段达到了巅峰，而诗巢故址数次倾圮，几经修复，现又在原址上得以重建而灿然一新。

为纪念越中历代诗坛先贤，人们在诗巢中为他们立祀位，诗巢中楹上祀的是杨维桢与唐代的贺知章、秦系、方干、宋代的陆游、明代的徐渭，史称"诗巢六君子"，次列清咸丰间附祀的二十六位诗人，其中有诸暨诗人陈芝图（号月泉）、郭毓（字春林）；诗巢左楹上列"西园十子"，次列清雍正前"吟会二十四子"，其中有诸暨诗人余懋杞（字建伟）；右楹列"越风"先辈诗人题名四百余人，其中有诸暨诗人余缙（字仲绅）、章平事（字大修）、骆复旦（字叔夜）、寿致润（字雨六）、钱曰布（字载锡）、余懋楝（字舟尹）、余懋楢（字号枫溪）、余铨（字明台）、汤聘（字莘来）、余文仪（字叔子）、傅学沆（号莫庵）、杨垂（字统甫）、虞廷凤（字果亭）、王绍典（字畲经）、周二监（字姬撰）、冯至（字绍泰）、杨文振（字振文）、冯南镇（字配岳）等。

龙山诗巢，为越中诗界圣坛，一代又一代的越中诗人在这里哺育成长，最后又回归到了这里。

骆复旦·越中文社

君长于诗文，所著有《溪山别业诗集》《山雨楼集》《骆叔夜诗集》，其诗朗隽，落笔有才气，博大而卓荦，越中诗者未有及也……以君之才，得主知而不为世知；以君之治，两见之剧邑，而不能竟其施；君之性情在友朋，而交游结纳遍于海涯；君之学问偶形之文字，而讴吟咏叹为之，而不尽其词。

——毛奇龄《骆明府倪孺人合葬墓志铭》

明清时期，文人结社风气浓厚，尤其是文教发达、经济富庶的江南地区，此风更盛。绍兴地区也不例外，清顺治初年，集合八县（包括当时隶属绍兴的萧山和余姚）士人百余人，结为文社，而担当文社领袖的是骆复旦。

骆复旦（1622—1685），字叔夜，诸暨枫桥人，徙居山阴，系顺治十八年拔贡生，历任陇西三原县、江西崇仁县知县，与唐载歌、王舜举、孙宣化并称"戢山四凤"，又与孟称舜、张用宾、姜武孙合称"越郡四才子"。骆复旦九岁能文，而乡里塾师并不相信，于是命题"因不失其亲"考核他，骆复旦先论述了"论交者不争一日而争百年"的观点，接着又阐述了"论交者不争百年而争一日"的辩证关系，令人啧啧称奇。长大后又长于诗，"五古直追建安，流逸处尤近陈思"，明清时期枫桥骆氏文人迭出，骆问礼最负文名，而骆复旦则最有诗名。

顺治七年（1650），江南十郡大社在嘉兴创立，骆复旦率绍兴士人参会，大会在嘉兴南湖举行，只见湖面上百舟相连，文人云集，骆复旦契友、萧山毛奇龄记录了当时的盛况："（骆复旦）尝同会稽姜承烈、徐允定、萧山毛姓赴十郡大社，连舟数百艘集于嘉兴之南湖。太仓吴伟业，长洲宋德宜、实颖，吴县沈世奕、彭珑、尤侗，华亭徐致远，吴江计东，宜兴黄永、邹祗谟，无锡顾宸，昆山徐乾学，嘉兴朱茂暚、彝尊，嘉善曹尔堪，德清章金牧、金范，杭州陆圻，争于稠人中觅叔夜，既得叔夜，则环而拜之。越三日，乃歃血定交去。"

可见，即便在规模宏大的十郡大会这样的文人集会中，骆复旦也是十分引人注目的。

丁祖训·杭州蚕学馆

知杭州府事林公启，请于大府设蚕学馆于西湖之金沙港，以改良中国蚕业，而挽回利权，聘日本蚕师轰木长君及前岛次郎君为教习，聚生徒讲授，即三年于兹矣。

——罗振玉《杭州蚕学馆成绩记》

　　林启（1839—1900），字迪臣，福建侯官人，光绪二年（1876）进士，历任翰林院编修、陕西学政、浙江道监察御史，后因上疏谏阻慈禧太后建造颐和园，被贬为衢州知府，1896年调任杭州知府。

　　在杭期间，林启政声卓著，"守杭五年，政平人和"，"治杭得其政，养士得其教，为匹夫匹妇得其利"，而他最大的政绩则是兴办教育，开创了浙江近代教育的先河，为浙江现代高等教育、职业教育、基础教育奠定了基础。1897年林启在杭州创办了求是书院，即现浙江大学的前身；其后为振兴浙江蚕桑业，又创办了蚕学馆，即绍兴农校与浙江理工大学的前身；1899年又在杭州圆通寺设立了养正书塾，即杭州高级中学与杭州第四中学的前身。

　　1900年秋，杭州蚕学馆首届学员毕业，为此近代著名农学家、教育家、考古学家、金石学家罗振玉还特意撰写了《杭州蚕学馆成绩记》，详细载述了十八位毕业生的姓名与籍贯，其中就有诸暨籍毕业生五名，他们分别是丁祖训（字仲夫）、宣布泽（字丁舫）、周式毂（字容实）、陈之藩（字介臣）、陈翰（字干才）。令人遗憾的是，当年四月间，创办人林启谢世，未能亲见首届诸生圆满完成学业。

　　毕业后，除成绩最优的丁祖训与傅调梅二人留馆任助教外，其余学生则分派至各地养蚕公会担任蚕业教习，以推广养蚕新法、优良蚕种及制丝。其中陈之藩赴海宁、宣布泽与陈翰至湖州、周式毂派往宁波，作为专业技术人员，在他们的指导下，这些地区的蚕丝经济有了长足的发展。

　　1903年，日籍教习聘约期满回国，此后先后由宣布泽、丁祖训担任蚕学馆的总教习。1904年，丁祖训还被四川省蚕桑学社聘请为总教习，陈翰被聘为分教习。1908年，丁祖训还与若干杭人合资在杭州三墩，创办了"钱

杭州知府林啓
創辦蠶學館
首届十八位畢
業生中有丁祖
訓等五名諸暨
籍學生蠶學館
却紹興農校之
前身
辛丑秋月
三未畫

200

塘县蚕桑初级师范学堂"。

杭州蚕学馆办学卓有成效，为重振浙江乃至中国的蚕桑业作出了极大的贡献，这其中就有以上这些诸暨人的功绩。后来以杭州蚕学馆为前身在诸暨创设的绍兴农校，又培养了一大批农业技术人才。

邱志贞·一师乐石社

同学邱子，年少英发。既耽染翰，尤嗜印文。校秦量汉，笃志爱古。遂约同人，集为兹社。

——李叔同《乐石社记》

1914 年，继西泠印社之后，杭州又一个印社成立于浙江省立第一师范学校，而发起人则是就读于该校的诸暨籍学生邱志贞。

邱志贞，字梅白，同山邱店人，1912 年进入浙江两级师范学堂（后改名为浙江省立第一师范学校）就读，"性亢直，有奇癖，见书画篆刻等，尝恋恋不忍去。家中寄其用费，多以购古书画碑帖之类"，因酷爱篆印，便与西泠印社印人多有往来，于是萌生了在浙一师校内创办印社的想法，此举得到了李叔同等师友的大力支持，乐石社就这样顺利成立了。

在《乐石社社友小传》中，详细载录了社友姓名、籍贯及印学功底，除邱志贞外，诸暨籍的社员还有：陈兼善，字达夫，诸暨店口人，"嗜古金石之学，天资尤聪颖。故学印仅一岁，已深入汉人堂奥"，后来成为我国著名的鱼类学家，是中国鱼类学的奠基人之一；吴荐谊，字翼汉，号闻秀，"诸暨小东大庄人，幼好古，尤嗜印学，每见古印佳石，多方购得之，摩挲品玩，几欲具袍笏而拜焉"。此外，还有多位名师也加入了乐石社，如夏丏尊、经亨颐、李叔同。受李叔同之邀，南社领袖柳弃疾（字亚子）、社员姚光（字石子）也入社相助。

在李叔同的西泠印藏中，邱志贞、陈兼善的印章较多。陈兼善治印九方，其中一方"丙辰息翁归寂之年"，边款所刻长达近二百字，应李师之请记录了一段往事，耐人寻味。邱志贞治的印章共有十九方，包括为李师所治的"李婴""三十称翁""李哀公"等印章。

尽管乐石社前后只存在了四年，可成绩不俗，每月集会一次，研究治印方法、交流观览作品，先后编印《乐石集》十集，在中国印学史上留下了浓重的一笔。1917 年乐石社更名为"寄社"，后来成为艺术大家的丰子恺、潘天寿等曾入社，诸暨籍的生物教育家潘锡九先生（字寄群）也曾是其中的社员。

赵邦彦·清华国学院

他是当时学校人人敬仰、德高望重的学者型教师，举手投足都带有诸暨人那种硬朗和耿直，人们尊称他赵老先生，教高中文学，也兼我们初中部汉语课。

——张寿华《迟到的怀念》

20 世纪 20 年代中期，在学界一片"整理国故"的声浪中，中国各个新兴大学，皆以北大为榜样，以国学研究为重点，设立研究所，清华国学研究院就在这样的背景下应运而生。

清华国学研究院首届招生考试于 1925 年 7 月 6 日如期进行，分设北京、上海、武昌、广州四处考点，7 月 27 日成绩揭晓，共录取 33 名新生，实际报到 29 人，9 月 9 日正式开学。国学院由吴宓任主任，梁启超、王国维、赵元任、陈寅恪任导师。

首届新生中就有两位诸暨人，即何士骥，字乐夫，诸暨山下湖尚山人；赵邦彦，字良翰，诸暨赵家人。他们均师从王国维先生，研究课题分别为《部曲考》和《说苑疏证》。

毕业期满，何士骥与赵邦彦均以优异的成绩留院继续研究，后来何士骥专业从事西北考古研究，参与发掘仰韶文化遗址、张骞墓、四坝文化遗址、兰州新石器文化遗存等，曾任西北师范学院、兰州大学教授，甘肃博物馆馆长，著有《西北考古记略》《莽镜考》《陕西考古记》等，是我国著名的文献研究专家、考古学家。

赵邦彦则进入了傅斯年主持的中央研究院历史语言研究所工作，从事文物古迹保护与研究工作，撰写《关于云冈选像史迹及其石佛毁失情况的调查

报告》《汉画所见游戏考》《九子母考》等论著。在此工作三年期满，1932年暑期赵邦彦意欲回浙边工边读，时任中央研究院院长的蔡元培先生特意致信浙江图书馆馆长陈慈训，竭力予以推介，"敝院历史研究所助理员赵邦彦君，曾在清华大学研究院毕业，从王静安、陈寅恪诸人治学，方法既精，读书尤富。最近在本所任助理员三年，工作勤勉，为同列冠"，"且敦品力学，实难得之人，故弟甚愿助成此志，非泛泛之介绍也"，并恳请馆方，"赵君家本寒素，在杭居处亦不易。为此弟等，贵馆能为之安插，薪不必多，但能百元左右，维持生活已足，惟职务或较闲暇，或专事料理编排书籍之事，俾能从其素志，成其所学，亦盛举也"，由此可见，蔡元培先生对这位诸暨小老乡十分欣赏与关爱，历史语言研究所迁往南京后，赵邦彦还与蔡元培一家同住一幢楼的楼下与楼上。

全面抗战爆发后，历史语言研究所西迁，赵邦彦回到了家乡，曾在枫桥忠义中学执教，后又至萧山中学任教，1957年被下放到萧山农村劳动，1960年春夏之交，赵邦彦在劳动中失足落水，一位名校学子、大师高徒，就这样陨落了，令人扼腕。

書竹齋先生詩集卷後

是集之傳實先生魯孫壻駱大年之所自也大年

端介愿愨儒素自居雲栖乃別號婦王字永貞從

大父山樵翁筓而命之壺彝素率配德警誡無違

子三人長居安次居敬居恭閑習詩禮雍雍氣義

之間居敬梅之墨妙亦精其尊人溪園先生博學

擅古文舜山樵為忘年交遺稿刊刻深切于裹溪

園嘗輸粟貸貧難義民

旌淋預光禄酒饌采輯諸暨志工費母溷於人書成

大家贊見具羹醴悉拒絕之涓介若是非義誰何

《竹齋集》白圭《书竹斋先生诗集卷后》

質樓語

一輪氷鑑滿照見物華新入幕君寧貴持家我固貧素

絃揮寶瑟清淚掩羅巾去去還無恙前途有故人。

謝外寄春衫

窄袖春衫小樣新勞君遠寄別離身幾回對鏡增長嘆

不是當年綺麗人

綠華有國色與余君伉儷之情甚篤故其詩云然

徐昭華　上虞人徐儆君諸女諸暨駱加采配　幼時曾受業於毛西河著有花間集

擬劉孝標妹贈夫詩

流蘇錦帳夜生寒愁看殘月上欄杆漏聲應有盡雙淚

大家闺秀

　　明商辂《诸暨学记》载："山川清淑，士生其间，伟然秀出。"所言极是，诸暨地灵人杰，历代既有名士迭出，又不乏闺秀。

　　她们或出生在书香门第，或来自名门望族。她们自幼耳濡目染，受父兄们的影响，知书达礼，以诗文书画见长，人们尊称她们为闺秀、女史、娴淑。陈道蕴，陈洪绶之女，画得家法，工翎卉人物，尤善写竹，小楷精致绝伦；徐昭华，字伊璧，自号兰痴，上虞人，出身名门，其父为明兵部尚书徐人龙之子徐咸清，其母为明吏部尚书商周祚之女商景徽，适枫桥骆襄锦，幼有诗才，及长诗名更盛，著有《徐都讲花间集》《凤凰于飞楼诗》若干卷；孙琼华，字史和，自号铁崖女史，清光绪十九年举人孙廷献之女，习画师从名家冯超然，因所作画"无纤毫闺阁态"，广受画坛大家的赞赏。

　　这样的大家闺秀在诸暨历史上还有很多，在此再辑录其中的五位，追述她们在诗文、书画等领域所取得的成就。

王永贞·竹斋诗集终行世

　　是集之传，实先生曾孙婿骆大年之所自也。大年端介愿悫，儒素自居，云栖乃别号。妇王，字永贞，从大父山樵翁，笄而命之壶彝，素率配德，警诫无违。子三人，长居安，次居敬、居恭，闲习诗礼，雍雍气谊之间，居敬梅之墨妙亦精。其尊人溪园先生，博学擅古文辞，山樵为忘年交，遗稿刊刻，深切于衷。

——白圭《书竹斋先生诗集卷后》

王冕为"诸暨三贤"之一，诗文书画俱佳，尤以墨梅见长，其诗文所作颇丰，著述若干卷，取名为《栗里稿》，"栗里"典出陶潜，为其隐居之所，王冕在其《偶成七首》之一有诗句："人言栗里是吾家，问信东皋事已讹。"

即自喻如陶潜、阮籍般隐居。元至正甲午年，刘基读到了这份手稿，极为敬佩，并作序赞赏道："予尽观元章所为诗，盖直而不绞，质而不俚，豪而不诞，奇而不怪，博而不滥，有忠君爱民之情、去恶拔邪之志，恳恳悃悃，见于词意之表，非徒作也。"

因时值易代之际，屡遭兵燹，传至其子王周（字师文，号山樵）时，遗稿多有残损。王周整理先父诗集存稿，并部分默写补缺，手录釐订，定稿为《竹斋诗稿》。

稿虽初定，却因家境清平，王周无力付梓，有生之年终未刊刻行世。王周孙女王永贞，"丰姿逸才，性复潇散，有林下风"，自幼跟随祖父，习诗文，及笄适枫桥骆矜（字大年），并将《竹斋诗稿》带至骆家珍藏，至晚年，每思先祖遗集还未刊刻时，王永贞总会想起曾祖的遗言："士生天地间，苟不以道德功名显，亦当文翰传后。何得生无益而殁无闻焉？"于是亲自校阅，编订成集，此举得到了夫婿骆大年，三子骆居安、骆居敬、骆居恭，尤其是溪园先生（骆象贤，字则民，号溪园居士，骆大年之父，明初学者，与王周为忘年交，筑溪园，藏书盈屋，人尊称为溪园先生）的大力支持。

明景泰年间，《竹斋诗集》终于镌板行世，世称善本。书成之日，王永贞令其子骆居安备牲礼，前往兰亭祭告王冕之墓，此时距王冕离世已近百年了。

又历经三百多年后，乾隆年间官修《四库全书》，收入此集，因与南宋诗人裘万顷诗集重名，而改名为《竹斋集》。此后，又由王冕后裔王佩兰（字者香，号柱公）、诗人郭毓等根据钞本校勘、修订、增补重刻了嘉庆三年本和嘉庆四年本；清光绪年间，又有徐幹刊刻的邵武徐氏本行世。

不论版本如何变化，王冕的《竹斋集》能流传至今，其曾孙女王永贞的功绩可谓不俗。

戴玉莹·伉俪情笃溢诗行

绿华有国色，与余君伉俪之情甚笃，故其诗云然。

—— 商盘《越风》

戴玉莹，字绿华，清康乾时期金华府浦江县人，其父戴文武，号允庵，入顺天大兴籍，例监生，官兖州府通判，曾督修《邹县志》，为《阳谷县志》作序。

自幼熟习诗文的戴玉莹，长大后嫁到了高湖余氏，丈夫余荫祖，字趋庭，号白峰，邑庠生。说起余家，大有来头，既是个大户人家，也是个书香门第，

戴玉莹字绿华适
高湖余荫祖伉俪情笃其诗作
入两浙辅轩续录越风
辛丑冬月三来书

余荫祖的曾祖即余缙，字仲绅，号浣公，顺治壬辰进士，官至山西道、河南道监察御史；祖父余毓浩，号任庵，历任江西玉山知县、湖北荆州府同知、广东惠州府知府；其叔余懋檀，字荆帆，有诗名，著有《枫溪诗集》；而从叔伯、从兄弟、从侄辈中更是儒宦众多，如余懋杞、余懋楝、余文仪等。

生活在这样的大家庭中，再加上夫妇俩情投意合，戴玉莼的才艺得到了充分的展示，流传至今的诗作有七绝《谢外寄春衫》："窄袖春衫小样新，劳君远寄别离身。几回对镜增长叹，不是当年绮丽人。"五律《送外重之河北幕》："一轮冰鉴满，照见物华新；入幕君宁贵，持家我固贫。素弦挥宝瑟，清泪掩罗巾；去去还无恙，前途有故人。"由此足见戴玉莼的诗才不俗，诗意中也充溢着夫妻间的深情厚谊。

作为清代早期的女诗人，戴玉莼与高湖余氏余缙、余懋杞、余懋檀、余懋楝、余铨、余文仪，以及闺秀徐昭华、胡慎仪等名载《两浙輶轩录》《两浙輶轩续录》与《越风》诗集中。

蔡绍敏·腹有诗画气自秀

蔡绍敏，女，字叔慎，适蒋志澄。浙江诸暨人。毕业于上海美专，列诸闻韵、潘天寿之门墙，进境愈佳。

——《民国书画家汇传》

蔡绍敏的父亲蔡启盛，字臞客，是俞樾的得意弟子，俞樾曾这样表彰他的学生："余获交于臞客近十年矣，见其每治经义于旧说所未安者，或旧说已得之而后人未能申明其意者，苦思力索，务求其是。"并以"好学深思，心知其意"八字相赠，可谓家学渊源。

幼年时，蔡绍敏与其兄蔡仲谦、弟蔡叔厚日侍父侧，于是耳濡目染，对诗文书画产生了强烈的兴趣。民国元年，蔡绍敏肄业于浙江女子师范，在读期间，有一位叫樊熙的图画科教师，其山水宗清代名家戴熙，秀劲而不峻，清丽而不俗，蔡绍敏十分敬仰，于是勤习山水。

后与同为诸暨籍、毕业于北京大学、德国柏林大学留学归来的蒋志澄结婚，婚后进入上海美专继续深造，成为诸闻韵、潘天寿的学生，画艺大进，读书期间发表了《艺术家之修养》《〈绘画概要〉序》等文章，民国十五年从美专毕业后，任杭州省女中及省立高级中学图画教师。民国二十五年，全面抗战即将爆发之际，跟随丈夫入蜀，任华西大学国画选科教师、国立艺专国画讲师。

1938年蒋志澄任重庆市市长，1939年1月成立重庆市政府新生活妇女工作队，蔡绍敏任队长，在第一次大会上，她积极动员妇女投身于抗战的各项工作中："为增厚抗战力量，争取最后胜利，妇女方面应迅速动员，直接参加各项抗战工作，队员一致避开理论，注重实际工作。"其后工作队设立了缝制慰劳品组、救护组、宣传组、扫除文盲组等组织，以实际行动支援抗战前线。1941年3月，中华全国美术会在重庆举办妇女美术作品劳军展览，蔡绍敏与孙禄卿、唐冠玉、陈秀芝等均有国画精品参展，其时报章作了相当报道："蒋（志澄）夫人则师王麓台风格，秀逸高超，画中有诗，最善青山红树，流水孤村，潇洒清丽，无烟火气""蒋志澄氏伉俪，均籍诸暨，诸暨为西子故乡，故蒋夫人以前作画，常盖有'家住苎萝溪畔'及'浣纱西子是乡亲'等印"。

附带提一下，蔡绍敏的弟弟蔡叔厚，又名绍敦，1927年加入中国共产党，在上海滩以商人的身份从事秘密战线工作，在白色恐怖形势下，掩护数位党内重要人物安全脱险，可谓功勋卓著，被称为党内的"孟尝君"。

周淑贞·含辛茹苦慰英灵

　　这位大家闺秀名叫周植康，这个名字似乎没有淑女味道，乍一听还以为是个男的。后来，做过清朝进士的父亲拿起毛笔一画，干脆把她改名为"淑贞"。

——张汉林《方强传奇》

　　1901 年袁文彬出生于上海青浦，19 岁时考入上海同济医工专门学校专修德文，在这里他结交了恽代英、杨贤江等中共早期党员。1925 年 7 月，袁文彬放弃了学业，受中共党组织推荐南下报考黄埔军校，编入第四期政治科学习，结识了时任校政治部主任兼政治教官的周恩来，次年提前毕业被分配在国民革命军总司令部政治部工作，与宣传科长李一氓成了同事。1926 年 11 月，由湖北省共青团提名，经董必武、吴玉章批准，由邓颖超介绍，袁文彬由共青团员转为共产党员。

　　1927 年袁文彬随李一氓至上海参加组建原总政治部上海分部，李一氓眼看着袁文彬已经到了谈婚论嫁的年纪了，有一天，就带着他来到了一座府第，这宅子的主人就是大名鼎鼎的周善培。周善培，字致祥，号孝怀，出生于诸暨，随父宦游至四川，历任川南经纬学堂学监、警察传习所总办、四川首位巡警道、川省劝业道总办等职，大力资助民族工商业的发展，参与讨袁护国运动，国民政府成立后，潜心治学，不问政事。

　　来到周家，袁文彬见到了小他五岁的周善培女儿周淑贞，周淑贞毕业于上海沪西私立务本女子中学，知书达礼，精通英语，一见面双方就互有好感，周善培对袁文彬也很满意，不久两人就正式结婚了。

　　全面抗战爆发后，袁文彬辗转南昌、武汉、重庆、延安从事抗日宣传及秘密联络工作，周淑贞则肩负起养儿育女的重担。1940 年 11 月，袁文彬化名方强，被任命为新四军盐城县二区民运工作队队长，开辟苏北抗日根据地。

次年 10 月，任盐东抗日民主政府第一任县长，未上任即被汉奸出卖逮捕，11 月英勇就义于盐东伍佑镇荒郊龙王滩。此时他们的长女袁爱莲 13 岁，长子袁振东 11 岁，在此后的日子里，周淑贞母子的生活极其艰苦，但她坚拒了来自敌伪方面人员的接济。

一直到 1955 年，在龙王滩伍佑中学破土动工时，袁文彬的遗骸才被发现，周淑贞把遗骸接回到上海，安葬在万国公墓，后经陈毅市长批准迁至江湾烈士墓。1981 年，周淑贞与长女袁爱莲、次子袁振兴参加了盐城地区举办的方强烈士英勇就义四十周年纪念大会。

如今，在他们的后人中，袁振兴夫妇及孙辈、外孙辈中多人加入了中国共产党，后继有人，英灵可慰。

斯叔英·艺苑教坛勤耕耘

她饱经沧桑，历尽艰辛，始终忠诚于人民的教育事业，对生活、对学生充满爱心。

——柴仲木《昨师今师明亦师》

斯道卿（1879—1958），字资深，诸暨斯宅人，西泠印社早期社员，诗书画均见长，尤善墨兰。

斯叔英，号苣萝村女，斯道卿三女，自幼天资聪颖，受父亲的影响，与其姐斯伯英、斯仲英、堂姐斯伯慧共习丹青，有"暨阳斯氏四才女"之誉，其画作工致细腻，设色典雅，清丽脱俗，1930 年毕业于上海美专，1931 年嫁与常州左天虹，左家也是书画名家，可谓意趣相投、门当户对。

斯叔英曾与其父在沪、杭、宁及苏浙皖等地多次举办父女书画展，据《诸暨国民新闻》报道，1937 年元旦斯叔英与父亲回到诸暨家乡，在中区小学

斯叔英 斯道卿之女畢業於上海美專圖畫學科 早期與父多地舉辦美展畢生從事美術教育工作 辛丑冬三木畫

大礼堂举办了为期七天的画展，展出作品二百余件，深受家乡父老的欢迎。

1939 年左天虹不幸病故，这给年仅三十的斯叔英带来了沉重的打击，而此时正值抗战期间，外患内忧，这样的情形虽令斯叔英十分煎熬，可她却志坚行笃，上奉婆婆，下抚遗孤，仍以鬻画、执教为生，先后任教于奉化中学、鄞县县学前初小、诸暨彝叙小学、江西战时中学、杭州师范学校、湖州师范学校、诸暨暨阳中学、忠义中学，最后在学勉中学任教直至退休。

斯叔英毕生从事美术教育工作，为人通达宽厚，安于清贫，坚毅乐观，深受学生们的爱戴。

1990 年 8 月 8 日，斯叔英病逝于杭州，享年 82 岁，时年 87 岁的二姐斯仲英这样概括了妹妹的一生："青年失偶，上侍姑，下抚孤，尝尽人间艰苦辛酸，行厉志坚，妹堪称完人；晚景得意，儿孙孝，弟子贤，久病床前侍奉不懈，众夸人羡，尔可以瞑目。"曾经的学生、浙江大学教授骆寒超敬献了挽联："数十年教书育人，桃李开遍中华；几万里东漂西泊，生命扎根家乡。"每每提起中学时的美术老师斯叔英，书画家骆恒光总是心怀感激，因为斯叔英正是他的书法艺术启蒙老师。

文

吳先生哀頌辭序 見康熙間刊本○按吳先生卒葬、此序故附載於此、辭同不贅出。

先生婺浦江人諱萊字立夫集賢大學士榮祿大夫、吳公長子也重紀至元六年夏四月九日以疾卒於

家得年四十有四嘗一試於禮部不中二子諤諤至正元年十有一月二十四日葬先生於盂塢之原葬

後一年命良爲辭以哀之良雖不敏然嘗受學於先生誼不得辭乃爲追述平生而爲其文曰云云

書天機流動軒卷後 見天順間家乘

良盛年時識蕳國余忠宣公於浦江官舍公方持使者節行縣欲執弟子禮莫可也後遊郡城遂因論詩

獲覽所疑於公公爲書此四條以遺蓋良所居軒區也攜歸山中鄉友宋君景濂首爲贊一通且貽書東

陽陳君君采記之而金華胡君仲烏傷王君子充麟溪鄭君仲舒嘗先後爲文以寄卽嘗命工刻寘軒

壁矣亡何天下大亂乃一切委棄避地海隅及以垂暮之年歸視故居軒雖苟完而壁間舊刻

無復存者急探行囊僅得公所書親蹟及四君記文揚本而已景濂之贊亦覺不可追踪卷中跋語則後

所追爲者也於是公以淮南行省右丞死節安慶君采以處士死於鄉入國朝景濂以翰林學士責死西

土子充以翰林待制斥死北地仲伸亦以儒學教□寄死野人家同時流裝凋落殆盡獨仲舒以前朝故

戴良《九灵山房集》补编卷下《书天机流动轩卷后》

或子孫能守安知無擴而大之以繼吾志者然而能
守與大此樓必自能讀此樓之書始則今日作記之
意也若曰六經註我而以讀書為大禁則斯樓誠為
胏贅然業已名此樓矣

見大亭記

見大亭者家君兩英公所作在宅前之山麓宅面南
而亭西向因山勢也紫薇山在其左鐘山在其右登
亭則楓橋一境皆在其望中禮為諸生時邑大夫王
近山公登覽而名之且曰亦取宋周濂溪先生見大

骆问礼《万一楼集》卷三十一《见大亭记》

218

引经据典

诸暨历史悠久，人文蔚然，汉语成语中就有不少典故与诸暨相关，如与西施直接相关的有"沉鱼落雁""东施效颦""唐突西子"等；南朝阮佃夫呵斥庐江何恢一句简短的话："惜指失掌耶？"一直流传至今，成了寓意因小失大的经典成语；王冕在《题墨梅图》中有诗句，"凡桃俗李争芬芳，只有老梅心自常"，"凡桃俗李"后用于比喻庸俗的人或平常的事物。

此外，诸暨历代的文人雅士或妙语生花，诠释生活哲理；或巧用典故，尽显诙谐之趣；或援引经义之言，名之于亭榭轩室，以作励志、警戒、鞭策之铭。

翁思学·家有四声

君才器磊落识时务，不求闻达，有勉之仕者，君掉头拂袖而笑曰："所愿者耕食凿饮，夏葛冬裘，日暮夷犹，乐于山水而已。"家事悉嘱其子，一无留意，惟孳孳以延师教子为务，故皆知其敛少壮功名奋发之志，为晚年优游闲适之趣。凡里闬亲友交以礼义，处以信行，诗酒之暇，徜徉斯渚之上。

——王艮《蕙渚竹居诗序》

元朝时，暨阳蕙渚（现暨阳街道翁家埠村）翁氏有个叫作翁思学的人，字景颜，别号遁栖处士，人称"蕙渚处士"，生于元大德乙巳年（1305），卒于明洪武壬戌年（1382）。

翁思学虽居村落，颇有学识，却不求仕进，而精于持家之道，于是家境渐殷，此后他着力营造"人居环境"，居家之地春夏秋冬四季景色转换，而有"梅屋听琴""荷亭听雨""松斋听风""竹窗听雪"四处美景。他又总结出了持家的经验，主张"凡家不论贫富，但四声不可少"，即"家有四声"——读书声、机杼声、筑圃声、婴儿声，用通俗朴素的语言涵盖了"耕读传家久，诗书继世长""民生在勤，勤则不匮""瓜瓞绵绵，尔昌尔炽"等古训。

一时间，蕙渚翁氏之所因其花木之胜、诗酒之乐、人文之佳，而成"网红"之地，其时诗文画坛名流均不吝笔墨，慕名而撰文吟诗作画以贺。元至正乙酉年（1345），以翁思学的竹居为题，曾任淮东道宣慰副使的王艮（字止善，大宣人）作诗序；曾任歙县、贵溪教谕、月泉山长的申屠性（字彦德，花亭人），以及名儒陆以道（字士宏，无锡人）、著名诗人钱宰（字子予，会稽人），赠诗相贺；以诗画精绝一时的毛伦（字仲庠，居东郭）绘制了《蕙渚竹居图》并附诗一首。又过了十年，即元至正乙未年（1355），又一批文人名士雅集蕙渚，以翁思学的"四景""四听""四声"而汇集为蕙渚十二咏，并以七言律诗赋四景、五言律诗赋四听、古乐府赋四声，与翁思学为忘年之交、后任绍兴郡学训导的张辰（字彦晖）撰《蕙渚十二咏诗序》，后任诸暨县学教谕的陈嘉谟（字文徽）撰写了《蕙渚翁处士十二咏记》，张辰、申屠澂（申屠性之子）、黄邻（字元辅）、陈煜、周旸、刘夒、刘照文各作诗十二首。

翁思学身体力行，恪守规范，在他的影响下，子孝孙贤，族人们对他子孙的评价极高，"勤俭孝友，出自天性""尤乐施与，赈恤贫穷""崇尚善良，不惮强暴""兄弟皆贤，一时称盛""自幼学博，文雅宏达"等等，由此可见一斑。明嘉靖己丑进士、官至南京刑部尚书的翁溥，即为迁居于紫岩（今店口镇）的翁思学后人。

戴叔能·天机流动

良盛年时，识鬭国余忠宣公于浦江官舍。公方持使者节行县，欲执弟子礼，莫可也。后游郡城，遂因论诗，获质所疑于公，公为书此四篆以遗，盖良所居轩匾也。

——戴良《书天机流动轩卷后》

戴良，字叔能，号云林，别号九灵山人，又号鬻鬻生，浦江建溪（今诸暨马剑）人，元末明初诗人、散文家、书法家，著有《九灵山房集》《春秋经考》《和陶集》等，与宋濂、王祎、胡翰并称为"金华四先生"，后人誉其为"浙中巨儒"。

元至正十年（1350），时任浙东廉访司事的余阙巡视婺州路，戴良便有机会拜访心中仰慕已久的诗人，在向余阙讨教诗学之后，余阙对这位诗界后学十分赞赏，欣然为其题写了所居轩名——天机流动。得到了这位著名诗人且又是显官的墨宝后，戴良如获至宝，带回家后，先请同乡好友宋濂作赞，后又寄书至婺学学术名流陈樵、胡翰、王祎、郑涛，请他们为天机流动轩作记，戴良不经意间的这一举动，竟引发了婺学界的一场"哲学"大讨论。

"天机"一词，最早见于《庄子》，指"自然造化""人之天性"等义，后来成为宋元时期儒学界的重要命题，并以"天道流行""天命流行"的形式呈现。接到戴良交代的"任务"后，四位学者按时撰写了记文，其实是四篇论辩"天机流动"命题的学术"论文"。陈樵，字君采，东阳人，虽为隐士，但声名远播，他在记文中以"气""神"破题，提出了"气出于神，乃借荣卫出入"的观点；胡翰，字仲申，金华人，学界称"长山先生"，他在阅读了陈樵的文章后再撰写记文，指出"天机流动"出于《庄子》，与圣道不合；王祎，字子充，号华川，义乌人，与宋濂并称"浙东二儒"，他则提出了"天机者，所以至诚无息者"的观点；郑涛，字仲舒，浦江人，工词翰，官至太常博士，他在文中阐述了"天机流动，伊洛诸儒所以状道体之妙""吾心如环之无端"等说法。

收到友人们的文章后，戴良十分珍惜，命刻工镌于轩室的墙壁上，此后，正值元明之交，戴良避居四明山，当他数十年后返归故乡时，只见残垣断壁，刻碑已不复存，幸好在行橐中找到拓本，但宋濂的赞词却无从查找，于是戴良将四篇记文整理装订成《天机流动轩卷》，后附录了他自己撰写的《书天机流动轩卷后》，及宋濂追记的跋文与浦江知县程汝器的卷后跋文。这些文章后来成为当代学者研究婺学的重要文献，诸暨学者顾旭明在其专著《元末明初"婺学三家"思想特色及影响》中，用了很大的篇幅详细阐述了"天机流动"论辩带来的学术意义及其影响。

骆问礼·见大心泰

见大亭者，家君两英公所筑，在宅前之山麓。宅南而亭西向，因山势也。紫薇山在其左，钟山在其右。登亭则枫桥一境皆在其望中。

——骆问礼《见大亭记》

地处枫桥紫薇山西麓的小天竺景区，曾经是枫桥骆氏的"私家花园"。明嘉靖十三年（1534），人称"两英处士"的骆骖曾在其中凿岩取石，筑一亭于其上，并在亭旁植树栽花，建造别墅。明嘉靖二十七年，泰州人王陈策（字师董，号近山）莅任诸暨知县，一日赴枫桥登览此亭，举目眺望，只见远处阡陌纵横，近处屋舍林立，湖光山色尽收眼底，顿觉胸襟开阔，于是欣然为骆骖建造的亭子取名为"见大亭"，而此时陪同在侧的骆问礼（骆骖之子）则尚为诸生。

"见大"一词源于北宋理学家周敦颐的《通书·颜子第二十三》："颜子，

一箪食，一瓢饮，在陋巷，人不堪其忧，而不改其乐。夫富贵，人所爱也，颜子不爱不求，而乐乎贫者，独何心哉？天地间有至贵至爱可求而异乎彼者，见其大而忘其小焉尔！见其大则心泰，心泰则无不足，无不足则富贵贫贱处之一也。"儒学大家借助于《论语》中"孔颜乐处"的典章，阐述了这样的哲理：人的最高精神境界不在于追求富贵，而在于寻求大道，求得大道心就平静，心静了就没有什么不可满足的，也就不在乎贫富之别了。王近山为骆氏亭子取了这样的名字，对骆氏父子产生了很大的影响，尤其是勉励了尚为诸生的骆问礼。

骆问礼（1527—1608），字子本，号缵亭，明嘉靖三十四年（1555）浙江乡试中式，四十四年中进士，官南京工部主事、云南参议、湖广副使等，

诗文俱佳,著述丰厚,著有《万一楼集》《续羊枣集》《诸暨县志》等。在"见大心泰"理念的熏陶下,再加上受到其师海瑞的影响,骆问礼立身刚毅,行事端严,在任期间廉洁刚正,不避权贵;致仕返乡后,又手订家礼,革新陋习。鉴于骆问礼政声不俗、诗文又佳,坊间便有"枫桥第四贤"之誉。

明万历二十一年(1593),距见大亭建造近六十载,骆问礼秉承父亲的意旨,组织重修了亭子,并特意撰写了《见大亭记》,当骆问礼再次登亭远眺时,只见"二溪穿市入泌,枫桥跨其中不可见,而人隐隐过楼头,桥因可指。水张则重湖一望如海,近山公所谓'见大'者,可想矣。"回顾自己一生所为,可以想见缵亭先生的内心是很平静和欣慰的。

寿春亭·陈蔡之厄

府君年六十有九,精神不减少壮时,及抵任刻苦食贫,诲人不倦,仍以制举业自娱,旁及诗古文。每届学使者按临婺郡考试日,鸡初鸣府君辄先入,腰吕挺挺总干山立于堂庑间,僚友辈皆叹美之曰:"矍铄哉是翁!"郡中自长吏以下目为人瑞,争欲识其面。

——寿凤霄《先考云巢府君家传》

寿于敏(1762—1850),字春亭,一字谨斋,号云巢,清嘉庆庚午举人,诸暨墨城(现属姚江镇)人,著有《古文见斑录》《自鸣诗草》。

尽管寿于敏学识渊博,从之游者达数百人,但一直到道光庚寅年(1830)才被朝廷选为金华汤溪县学训导,此时寿于敏已经69岁了,不过,他还身健如少壮,酒量好,胃口大,所以上任后精力充沛,深得上司信任,引来同僚叹服。一日奉命监府学试场,整日端坐却不知疲倦,考试结束后,府学设宴款待,同席者有陈子庄、蔡二风两位府学教谕,早就听说寿于敏饮啖甚健,

陳蔡之厄

府試畢設宴
座中陳蔡二人
勸酒夾肉湯溪
縣學訓導壽
春亭起而笑曰
昔孔子厄於
陳蔡饑欲死吾
今厄於陳蔡
飽欲死引得
滿座皆笑

三木畫

就不断向他劝酒夹肉，当他饮完三十余觥、吃了许多块肉后，便起身笑着说："昔孔子厄于陈蔡，饥欲死。今我厄于陈蔡，饱欲死。古今人真不相及也！""陈蔡之厄"也作"厄于陈蔡之间"，典出孔子及其弟子从陈国到蔡国的途中被围困，断绝粮食的事，后比喻旅途中遇到食宿上的困难。寿于敏巧妙引用了经书成语，其诙谐幽默如此，引来了满座大笑。

道光庚戌年（1850），已历任二十载训导、年事高达 89 岁的寿于敏卒于任上，汤溪进士贡璜（号荆山）自京城中寄来了"福备箕畴"的挽幅，而汤溪贡生汪澍（字学韩）的挽联，"廉以居官廿一年，终不渝节；耄而好学九十岁，犹善属文"，则更是表达了后学对他的敬仰之情。

附带提一下，诸暨本土也有一则幽默故事，载录于《光绪诸暨县志》的"杂志补"中，与上述典故的名称很相似，故称之"陈蔡之梦"，说的是乾隆丁酉年乡试前夕，有人梦见神仙指点，说今年高中的是陈蔡人，于是陈蔡籍的诸生都洋洋得意，发榜后中举的却是金兴乡人蔡英和县城北郭人陈淇水，皆非陈蔡人，此则故事虽多属朴撰，却也令人捧腹。

徐道政 · 击壤而歌

侯更生先生：县长莅暨三周，士民欢欣鼓舞，讴歌德化，以为纪念。敝乡南接乌疆，西毗牌镇，狼烽时举，兔履尤勤。兹逢胜利，深感庇帱，敢效击壤，用申下忱。

——徐道政诗序

徐道政（1866—1950），初名尚书，字平甫，号病无，别号勾无山民，清光绪举人，曾任浙江第六师范校长，他既是诗人、北京大学文学士，又是教育家、书法篆刻家，编纂《诸暨诗英》，著有《中国文字学》《射勾山房集》，

是诸暨清末至民国期间最著名的学者之一。

抗日战争胜利之初，徐道政已是年过八旬的老人了，闻听喜讯，以"击壤老人"之名创作书法一帧，先用行书题写了诗序，再用他擅长的篆书书诗作："天吴作兮海之湾，簸白波兮雪为山。侯之来兮何暮，惟恶是锄兮善是树。懿侯之德不可忘兮，浦阳之浦长山之长兮。"赠予时任诸暨县长祝更生。

击壤是我国古老的一种投掷游戏，汉代王充在《论衡》中曾记载了击壤老人的一首歌谣："日出而作，日入而息，凿井而饮，耕田而食，尧何等力！"后以"击壤而歌"来歌颂太平盛世。

徐道政以击壤老人自称，充分表达了他对抗战取得胜利的喜悦之情，同时对祝更生的政绩予以充分的肯定和褒奖。早在 1939 年 3 月 31 日，时任军事委员会政治部副部长的周恩来视察东南抗日前线，途经枫桥时，时任枫桥区区长的祝更生作了精心的安排，除热情接待外，还周密部署了抗日宣传活动，周恩来在枫桥大庙的演讲至今令人难忘。内战爆发后，祝更生秘密与中共上海局取得联系，谋划诸暨武装起义事宜，后因他被免去诸暨县长一职而搁浅。1948 年秋，祝更生调任松阳县长，到任后很快与中共地下党取得联系，1949 年 3 月他毅然率县政府起义，接着又策动了邻县丽水县起义，可谓功绩不凡。

東維子文集卷之二十八

會稽鐵厓楊維楨廉夫著

傳

麴生傳

麴生酒泉人也名不一或曰醇或曰盎曰需曰耳或又以

曰高名皆作酒邊　一本曰醼下作醼邊

其善眩幻顏狀呼之曰郫曰是曰霈曰差有娠之者則斥

皆人好惡之辭非生本名屮生初降精

于星乃子于麴母媒句師造于夏人儀狄氏或曰陶唐時

已尊生于犧器堯祿之千鍾舜器重生亦酌之以泰尊其

人嘔二溫雅凡冠昏朝聘燕享禮無預號爲通才尤善導

引辟穀之術故其人最善壽飲其德者可千日不食人薰

卷二十八

杨维桢《东维子集》卷二十八《曲生传》

遍人也數經鎔鑄其性內方而外圓善爲人濟困扶

危雖有時狎近鄙夫人或醜詆之君曰嘻若輩僅爲

我守耳一日捨去遍遊金門紫閣間下及市井傭巧

與臺賤隸或欲得君爲密友君亦屑屑就之而回視

昔日扃鑰故人或巳室廬丘墓不可復覿矣故世敬

君德且多壽稱爲孔方咸以兄事之其巧者思封値

以貽子孫則又號爲鶴伯蓄以妖子陶狥程鄭之屬

多藏厚亡卒與君族相終始可不戒哉

曾琛男

曰映

曰章 仝較錄

余缙《大观堂文集》卷二十《阿赌君传》

托物抒怀

南朝文学理论家、批评家刘勰在《文心雕龙》中有言："应物斯感，意物吟志。"这便是文学创作中的咏物言志法，就是通过对客观事物的具体描绘、赞美，来表达作者的某种意志，抒发作者的某种感情的写作方法。而所托之客观事物，既可以是无生命的物品，也可以是鲜活的动植物，甚至是居家之日常用品。而写作则常采用拟人的手法，或撰文为之传，或赋诗为之咏，以达成作者由物生情、托物抒怀之初衷。

明代于谦所作的《石灰吟》诗："千锤万凿出深山，烈火焚烧若等闲。粉骨碎身浑不怕，要留清白在人间。"可谓脍炙人口，堪称咏物言志诗的经典之作。其实，只要细心翻阅文集，在诸暨历代文人的著述中，不难寻觅到类似的诗文佳作。在此举述五例，通过对这些诗文的概述，让我们再次领略本土文人的品性与风骨。

杨维桢·曲生功过

曲生，酒泉人也。名不一，或曰醇，曰醴，曰醨，曰酣。或又以其善勾颜状，呼之曰酇，曰醍，曰醹，曰醆，有嫉之者则曰醨，皆人好恶之辞，非生本名也……

——杨维桢《曲生传》

文人与酒，似乎总是伴生的。元代"文章巨公""诗坛领袖"杨维桢也不例外，从他的诗作中即可窥一斑，他写过与酒相关的数十首诗，如《元夕与妇饮》"妇起劝我酒，寿我岁千百。仰唾天上蝾，誓作酒中魄"，《红酒歌》"杨子渴如马文园，宰官特赐桃花源"，《禁酒》"铁史先生酒禁，笙歌不上小蓬台"，《王左辖席上夜宴》"醉归不怕金吾禁，门外一声吹籞罗"，等等。

此外，杨维桢还为酒撰写过一篇拟人化的传记，载录于其文集《东维子集》中，篇名为《曲生传》。

《曲生传》开篇先罗列了不同的酒名，其实也是交代了酒的品种，如清酒谓之醠，醇酒称为醹，重酿酒叫作酎，祭祀用酒则又名酇，醆是白酒，醍是红酒，醹是绿酒，等等。接着叙述酒的历史，古代即有酒星，也称酒旗星，为狮子座中的三颗星，李白有"天若不爱酒，酒星不在天"的诗句；夏禹时代有一位女性司掌造酒的官员，她叫仪狄，相传是我国最早的酿酒人；尧舜两帝也爱酒，尧有"千钟不醉"之量，舜也以"泰尊"这样的大酒杯饮酒。而酒的作用也广泛，可以用"通才"作比喻，无论是冠婚之礼，还是设宴、祭祀，都离不了酒，人们饮了酒后，"悍怒者化柔，则讷者倚之有言，懦者挟之有奋"，可谓功效不凡。

而大量的篇幅则记述了历代与酒相关的典故或重大事件。大禹不喜酒，并提倡禁酒，预言后世必有因酒而亡国者，唐代同谷子撰了《五子之歌》，其中有"酒色声禽号四荒，那堪峻宇又雕墙"的诗句；商王武丁起用奴隶傅说为相，誉其为"若作酒醴，尔惟曲蘖"，在傅说的辅佐下实现了历史上的"武丁盛世"；可到商纣时期，纣王荒淫奢侈，设"酒池肉林"，导致商朝的灭亡；至周朝，吸取了商朝的教训，周公旦、周成王、卫康叔等力戒酒色；

而在战国时期，鲁国、赵国、楚国之间又发生一场因酒而引起的战争，即"鲁酒薄邯郸城围"之战；秦代则发布了严厉的禁酒令，如三人以上聚众饮酒者罚金四锾等；西汉末扬雄（字子云）嗜酒，有"载酒问字"之典故；东汉末年曹操主张禁酒，而孔融则主张反之而被降职……

最后杨维桢总结道，历史的事实证明，酒本身是没有好恶之分的，就看人们如何对待它，如果过于沉溺其中，那是要亡国杀身的；在宾主相见及祭祀礼仪中，酒是必不可少的，这时人们不是很恭顺且谨慎的嘛。可见，国之兴衰、人之得失并不在酒，而取决于"善"与"不善"用酒，自古至今，乃至后世千秋，都是如此啊！

杨维桢爱酒，也曾因之而失态。或许铁崖先生事后颇觉不妥，于是撰文以自律，从这个意义上讲，不得不佩服先贤的自我批评精神。

王　冕·花魁风骨

先生为人修洁洒落，秀外莹中，玉立风尘，衰飘飘然，真神仙中人。所居竹篱茅舍，洒如也……先生雅与高人韵士游，徂徕十八公、山阴此君辈，皆岁寒友。

——王冕《梅先生传》

王冕素以爱梅而闻名于世，他不仅植梅、咏梅、写梅，还为梅作了传，即收录于《竹斋集》附文中的《梅先生传》，虽然王冕传世的诗作颇丰，画亦不少，但所撰之文却极为鲜见，故此文尤为珍贵。

《梅先生传》以拟人的手法，赞颂了梅高洁的品质。文章一开头即以"先生名花，字魁"直入主题，梅花为百花之首，花魁之称号当之无愧。然后讲述了历史上两位刚直忠贞的梅姓人物，一位是商纣时的忠臣梅伯，因多次直谏纣王而引来杀身之祸，另一位是汉代的梅福，虽只任小官却能向朝廷建言献策，因不纳而隐居不出；而与之相反的是导演"望梅止渴"一幕的曹操，梅则藏匿而不耻与之为伍，以人物反过来映衬梅之品德，可谓妙笔生花。接着列举了历代爱梅、赞美的代表人物，他们分别是南朝的著名诗人何逊、唐代名相宋璟、诗圣杜甫、"梅妻鹤子"的林逋、大文豪苏轼等。

最后王冕感慨道：梅花，却如翩翩浊世中的高士，你看它清丽、俊逸、高雅的韵致，不正是古君子的风度嘛！它是那么美好，那么亮丽，你都不忍心玷污它吧！可以这样说，天下人都爱慕它、敬仰它，这绝对不是空话！

王冕爱梅，此传可以再次得到印证，文中频现大量对梅的溢美之词，如"修洁洒落""操行坚固""清标雅韵"等等，而"翩翩浊世之高士""性孤高，

不喜混荣贵，以酸苦自守""古君子之风"……这样的描述，不正是王冕自己的写照嘛：他生逢乱世，清操自守，"不要人夸颜色好，只留清气满乾坤"，最后择地隐居，不事权贵。可以这样说，王冕虽为梅而作传，却分明在袒露自己的志向和情操。

从植梅到咏梅，从咏梅到写梅，进而撰《梅谱》，再而为梅作《传》，如此全方位地爱梅、痴梅，至少从这个角度上，王冕可谓是"梅先生"之第一挚友。

余 缙·阿赌传奇

大抵君通人也，数经镕铸，其性内方而外圆，善为人济困扶危。虽有时狎近鄙夫，人或丑诋之，君曰："嘻，若辈仅为我守耳。"

——余缙《阿赌君传》

余缙（1617—1688），字仲绅，号浣公，诸暨高湖人，顺治壬辰举人，历任封丘知县，山西道、河南道御史，为官多惠政，刚直敢言。在其诗文集《大观棠集》中，收录有一篇物传文章——《阿赌君传》，读后令人深思。

"阿赌"，也作"阿堵"，是古代常用语，相当于现代汉语中的"这个"。《世说新语·规箴第十》有载："王夷甫雅尚玄远，常嫉其妇贪浊，口未尝言钱字。妇欲试之，令婢以钱绕床不得行。夷甫晨起，见钱阂行，呼婢曰：举却阿堵物。"王夷甫，即王衍，为西晋玄学清淡领袖，他的这一句"快把这个（指钱）拿掉"，此后人们便将货币称为"阿堵"，也可引申为钱财或财富。

《阿赌君传》正是为货币作传的奇文，同样的作者以拟人的笔法来阐述钱财的两面性。文中作者叙述了货币的发展历史，列举了最早期的贝币、白鹿币，以及后来的半两钱、五铢钱、开元通宝等。此外还穿插交代了与钱财相关的别称，如"孔方兄""蚨子""陶朱公""猗顿""程郑"等。

当然，更主要的，余缙总结了历史上与钱财有关的正反两方面事例，如姜尚，字子牙，是齐国的缔造者，他建立了"九府圜法"的货币制度，推动了商贸业的发展，齐国成为雄踞于东方的大国富国；后来，齐国公室日益腐败，田氏开始利用钱财收买人心，广施仁义，独柄齐国之政，便成了"田齐"；汉文帝时，邓通依靠铸钱业，广开铜矿，富甲天下，汉景帝即位后，便将其革职，没收家产，最后邓通竟饿死在街头；西晋文学家鲁褒针对当时崇拜金钱而世风日下的社会现状，作《钱神论》加以讽刺并警告世人；晋惠帝时，光禄大夫和峤家产丰厚，胜于王者，可他一生却异常吝啬，爱钱如命，而遭世人讥讽；唐代刘晏是一位理财家，他实施了一系列的财政改革措施，为"安史之乱"后的唐朝经济发展作出了重要的贡献，后来他位居宰相要职，仍只领取使职时的俸禄……

综上所述，余缙总结了"没有钱是万万不能的，可钱却不是万能的"这样通俗的道理，即合理利用钱财或实施有效的经济政策，有利于国家的发展；相反地，过分看重钱物，单纯追求财富，往往为人不屑。他告诫人们应正确看待钱财，不可贪恋，不可吝啬，应节用适度。

值得一提的是，余缙收集整理了历代名家观点，撰就了《侍御公家训》，其中多处提及正确看待钱财的态度，如"刻苦自励，节用少求，可以养廉。忍不足于前，留有余于后，可以养福""天地所生财物，固以供人之用，然必撙节爱惜"等等，在他的倡导和影响下，高湖余氏人文蔚然，贤良迭出，从而成为诸暨历史上最为辉煌与荣光的族属之一。

虞廷凤·良牯咏叹

幽兰馥空岩，老骥伏盐轭。由来相遇疏，谁为良牯惜。渴饮泌湖水，饥食瞻山蕨。一犁甘效能，无心炫雄特。主因急欲弃，罔念壮时力。道逢物色人，声价忽然赫。任重堪致远，转售数倍值……

——虞廷凤《良牯吟》

虞廷凤（1750—1809），字果亭，诸生，诸暨东安乡虞村人（现属店口镇），名录清代会稽著名诗人商盘编纂的诗集《越风》中。

这是一首托物言志、借物自伤的诗歌佳作。

作者虞廷凤以诸生而终，科举无名，仕途无望，空有文名诗才，正如幽兰只在深谷里飘香，无人闻之，又如千里马无有伯乐来识。于是作者联想到村中的耕牛，渴了喝喝泌湖中的水，饿了啃啃视瞻山麓的草，默默无闻地劳作着，无心炫耀自己的能力，等到耕牛年老疲乏时，主人全然不顾牛在壮岁

时所付出的气力，便想把它遗弃了，幸好遇到了识牛之人，从而身价倍增。面对自己的境遇，作者感叹古往今来，有多少英雄豪杰，在落魄时郁郁不得志，一旦遇到知音，有了大显身手的时机，便能名垂青史，否则碌碌无为地老去，令人扼腕叹息。

尽管作者因不得志而消沉，且又经历了人生的磨难，从乾隆五十二年（1787）至嘉庆四年（1799）的十二年间，他接连娶了四任妻子，均年轻而殇，生活的打击为常人所不堪忍受，回顾自己的一生，晚年的虞廷凤终于还是释然了，人生无常，得失随缘，"荣悴有何常，升沉随所适"，这正是作者经历一生的坎坷，才悟出的人生真谛。

虞廷凤以此诗及《哭沈二未斋》《鸡冠花（四首之一）》三首诗入选《越风》，无愧于越中诗人的名号，曾经无人问津的"良牯"，终被后人所敬仰，作者有知，当可欣慰了！

陈之锜·琐物生情

爱入芳丛出绣帏，清言玉屑吐霏霏。低头只恐花憔悴，兴不阑珊不肯归。织就回文屈曲工，柔情起伏荡心胸。在山清与出山浊，过眼相看便不同。销魂最是夜来时，吐出柔肠作态痴。一串离离红豆子，深宵无语耐相思。

——陈子锜《钩心集诗草》

陈之锜（1874—1961），字子樵，诸暨店口人，曾任浙江省烟酒公卖总局秘书、江苏财政厅秘书、金陵淮阳两道秘书长等职，擅长诗词、书法，后为上海文史馆馆员。

陈之锜的诗作新颖而独特，以日常物品为题作七绝，一物一诗，以拟人的诗风把一个个物件都写活了。1935年5月，他将写作的数十首诗汇集成册，

陳之鎬以日常之物為題
作詩印行鈞心集詩草可謂
獨特新韻、三朱貞二

题为《钩心集诗草》，由上海中华书局印行，尽管他在诗集序中这样自谦"雕虫小技知不足登大雅之堂"，可还是"比以索阅者多，爰付排印"，这样新颖的诗集，难怪一时间人们争相传阅。

诗作托物抒情，寄情于物，寓意深远，更为有趣的是每一首诗仿佛就是一则谜语，令人回味，如"流露芳心不自持，无端摇荡系情丝。情无终极心无定，一日思君十二时"，这是钟摆；"相依才熟便分离，乡有余温记也非。嘘气还如香雾散，可能解得小郎围"，这是蒸笼；"逝水年华似水情，流而不返每吞声。只余一滴相思泪，挂向人前诉不平"，这是漏斗。其他还有以弹簧、电筒、秤锤、帘钩、门闩、煤堆、汲桶、蓑衣、邮袋、淘箩等为题的诗，几乎写遍了身边所见之物。

世易时移，陈之锜先生生平资料极少，读了这一诗集后，可以想象他一定是个极其热爱生活的人，如果不是对日常用品倾注了感情，是很难写出这么多情趣盎然的咏物诗的。

后　记

　　诸暨历史悠久、文化昌盛，人杰地灵、英才辈出，于公元前222年置县，古越国曾先后在勾乘、大部、埤中建都。在漫长的历史长河中，暨阳大地上演绎着一幕幕值得传颂和铭记的历史故事，这些故事至今仍被人们津津乐道、口口相传，并以文字形式记录于各种经籍、地志、宗谱和报章中。

　　习近平总书记曾指出，要让收藏在禁宫里的文物，陈列在广阔大地上的遗产，书写在古籍里的文字都活起来。"对历史负责，为现实服务，替未来着想"是档案馆的核心使命。诸暨市档案馆目前拥有49万卷、110万件档案，其中包括如古籍、字画、族谱、地契、报刊等大量珍贵的历史档案，总数超过5000余件，特别是《梅岭课子图》《倚晴楼图》《经野规略》《康熙宣氏宗谱》《乾隆诸暨县志》等档案具有极高的史料研究价值。在保管好这些历史档案的同时，如何把这些珍档挖掘好、利用好，更好留住历史记忆，弘扬优秀传统文化，是档案馆履行好"存史、资政、育人"职责的重要内容和现实课题。

　　潘丹先生是绍兴文理学院越文化研究院兼职研究员、绍兴市社科专家库成员、诸暨市社科二届理事、诸暨市文史研究会副会长。他在从事教育工作之余，一直致力于研究诸暨地方文史，出版过《诸暨·先生》《诸暨百样老家生》等文史专著，并常在地方报章、刊物发表文史专题研究文章，是诸暨地方文史研究领域的中坚力量。

《古籍档案中的诸暨历史故事》整理汇集了百则小故事，五则汇为一辑，共分二十辑，每辑确定一个鲜明的主题，多选录少为人知的小故事，耳熟能详的史实则在每辑提要中加以总述。时间跨度上溯唐宋，下达当代。故事以人物为主，偶涉风物、名品、文学等。而所撰人物则以诸暨人士为主，亦提及流寓、宾客。故事既叙闻人名士、邑吏缙绅之风雅，又录市井百姓、三教九流之传奇。

编撰过程中我们坚持两个原则：其一，既为历史故事，必不可杜撰，均参阅于方志、家谱、报章等文献，每则故事文首各附出处，以为佐证；其二，在尊重史料的基础上，尽可能用平实而流畅的语言叙述故事，以适合普通大众阅读。

我们期待本书的出版，能进一步丰富诸暨的人文底蕴，成为读者了解诸暨历史的又一个窗口。我们更希望本书能成为优秀的课外读本，通过阅读，让青少年学子在字里行间寻得故园风物之美，在文化滋养中厚植家乡情怀。

在本书出版之际，谨向中山大学黄仕忠教授，诸暨市图书馆何建国、寿宇芳，诸暨地方文史研究者阮建根、郦勇诸先生，致以深深谢忱。

诸暨市档案馆

二〇二四年十一月